KB127014

■ 글벗교양 21

이 시대를 살아가는 부모와 자식이 꼭 읽어야 할 생활 지침서

불효자의 반성문

어머니는 나에게
최초의 스승이었고
지금도 최고의 스승이다

신광순 지음

하늘은
불효자를 회초리로 길들이지 않고
시간으로 길들이고 있다

여는 글

이 글을 정리한 이유

이 글을 정리하면서 무척이나 망설였습니다.
제가 이런 글을 세상에 내놓으면, 개가 다 웃을 것 같아서
정리하며 생각을 접고 접고 하다가 수년이 걸렸습니다.

그냥 묻어버리면 그만인 것을…….
굳이 세상에 내놓을 이유가 무엇인가?
스스로 묻기를 수백 번…….
망설이고 망설이다가 결심을 했습니다.

동네 개가 웃는 것이 뭐 그리 대단하랴…….
내 그릇이 작아 어머니 말씀을 담지 못했을 뿐이지
어머니 말씀(잔소리)이 잘못된 것은 아니지 않은가?

자신에게 변명하면서 수십 년 넘은 메모지와
일기장을 들추며 울기도 많이 울었습니다.

누군가 이 글을 읽고, 단 한 사람만이라도
이 불효자의 전철前轍을 밟지 않는다면, 동네 개뿐 아니라
조선 팔도 개가 다 짖어도 상관하지 않겠습니다.

여기에 **옮긴** 글은 제가 유소년 시절부터 어머니가 하신 말씀과 제가 어머니와 나눴던 이야기를 그때그때 적어두었던 것을 정리한 것입니다.
　여기에 실은 이야기는 어머니의 독창적인 사상이나 창작도 있지만, 거의 어디선가 듣고, 읽고 전해져 내려오는 이야기를 저에게 해주셨던 것입니다.

　제가 어렸을 때, 어머니는 밭에 김매러 나가면서 책장을 뜯어 젖가슴에 꽂고 나가시곤 하셨습니다.
　쉴 참이면 그것을 꺼내 읽으셨고, 가끔은 저에게 그것을 이야기해주셨습니다. 저녁에 집에 들어오셔서는 이밥도 아닌 보리 밥알로 그 책장을 다시 붙여놓으시곤 하셨습니다.

　어려서 어른들이 집에 안 계실 때, 부엌에서 불장난하다가 집에 불을 내어, 숟가락 하나 못 건지고 모든 걸 잿더미로 만들었을 때, 진흙탕 바닥에 엎드려 목놓아 우시던 어머니 모습이 떠올리며 이글을 정리합니다.

　　　　　　2016년 어느 날 신광순

수리울 수리성

한탄강 근처 수리울 번드리 금장골에 가면
어머니와 아들이 쌓은 성城이 있다.

그 성城은 외부의 침입을 막기 위한 성城이 아니고
어머니와 아들이 주고받은 이야기를 쌓아놓은 성城이다.

그것을 허상虛想이다.
그러나 모자지간에 쌓은 신뢰의 성城이다.
허물어질 것도, 허물어지지도 않은 성城이다.

그냥 세월에 묻혀 잊혀가는 허성虛城일 뿐이다.

■ 차례

제2부 잔소리-소년 2

제3부 회초리–소년 3

제4부 빗자루—청년 1

제5부 부지깽이—청년 2

제6부 싸리 빗자루-청년 3

제7부 몽둥이-중년 1

제8부 몽둥이-중년 2

제9부 지게 작대기-중년 3

제10부 비수–장년 1

제11부 화살촉-장년 2

내가 어렸을 때
어머니 말씀은 잔소리 같았고

내가 젊었을 때
어머니 말씀은 등불 같았고

내가 나이 들어
어머니 말씀은 친구 같았다.

이제 그 어머니는 내 등에 업히며
눈물을 흘리고 계신다.

제1부

잔소리 -소년 1

이 에미의 기도와 잔소리는 끝이 없단다

애야!
이 에미는 너를 바라보며 기도를 한단다.
끝도 없이 반복되는 사랑의 기도를….
끝도 없이 반복되는 잔소리를….

이 에미가 언젠가 네 등에 업히는 날도
나는 변함없는 기도를 할 것이다.
잔소리를 할 것이다.

어려서부터 좋은 습관을 들인다는 것은 성공으로 가는 지름길이다

애야!
이 에미의 잔소리가 듣기 싫지?
그러나 잔소리 들을 때는 들어야 한단다.
그것은 잘못된 습관이 몸에 밸까 봐서 하는 것이란다.

좋은 습관이 몸에 밴다는 것은
건강과 성공으로 가는 지름길이란다.
명심하거라!
지적받은 것은 고쳐 나가거라!
사랑하는 아들아!

오른손을 한 번 썼으면
다음에는 왼손을 쓰거라

애야!
잘 듣고 꼭 실천하거라!

어려서부터 손과 발은 어느 한쪽만 사용하지 말고
골고루 사용해야 한다.
어느 한쪽에만 치우치게 사용하면
근육의 발달이 불균형을 이루고
결국 나이 들면 그 불균형이 통증으로 변한단다.

어려서부터 손과 발은 균형 있게
근육을 발달시켜야 한다.

손과 발의 균형 잡힌 발달은
건강을 지키는 기본이란다.

남자가 청결히 해야 할 곳

애야!
남자가 특히 청결히 해야 할 곳을 말해주마.
첫째, 보고 듣는 곳을 청결히 해야 하고
둘째, 먹는 곳과 나오는 곳
셋째, 손과 발이란다.

밖에 나갔다 집에 들어올 때는
개똥이라도 주워오너라

애야!
밖에 나갔다 집에 들어올 때는
나무토막, 돌멩이 하나라도 주워오너라.
이도 저도 없으면 개똥이라도 주워다가 쌓거라.
개똥도 많이 모이면 그보다 좋은 거름은 없단다.
알아들었느냐?
내 말은 무언가 유익한 것을 보고 배우고
머릿속에 담아 가지고 오라는 뜻이다.
– 예, 어머니.
그런데, 돼지똥은 안 되나요?
예끼! 에미를 놀리면 소태국 끓여준다.

작은 씨앗 속에 놀라운 세계가
숨겨져 있다

애야!
비록 작은 씨앗이지만
그 속에 놀라운 세계가 숨겨져 있단다.
작은 씨앗이지만, 후에 크고 탐스러운 과일이
주렁주렁 열리는 것을 보면 경이로울 뿐이란다.
큰 인물이 된 사람들을 보면, 어려서 품은
작은 꿈이 열매를 맺은 사람이 대부분이란다.
어려서 품은 작은 꿈이지만 잘 키워 나가거라.
- 예, 어머니.

머리가 아프면 숲으로 가고
배가 아프면 냇가로 가거라

애야!
에미가 네 곁에 없을 때
머리가 아프면 숲이 우거진 산으로 가고
배가 아프면 냇가에 나가 자갈밭을 걷거라.

아무리 잘 닦아도
물로 씻는 것만 못하다

애야!
우리 몸은 아무리 잘 닦아도
물로 씻는 것만 못하단다.
가능한 한 닦지 말고 씻거라.
– 어머니! 뒷간에 갔다 올 때 이야기인가요?

뒷간은 물론 손과 발, 얼굴을 이야기하는 것이다.

아침에 일어날 땐
아래윗니를 가볍게 두드려
네 머리부터 깨우거라

애야!
아침에 눈을 뜨면 제일 먼저
아래윗니를 가볍게 부딪쳐서
잠에서 덜 깬 머리부터 깨우거라.

그리고 하루 중에 무언가 생각이 나지 않을 때는
아래윗니를 부딪치며 뇌에게 물어보거라.
그렇게 하면 훨씬 빨리 대답이 나온단다.

장에 갈 때는 배를 채우고 가라

애야!
장에 갈 때는 허기진 상태로 가지 마라.
항상 배를 채우고 가거라.
배고픈 상태로 장에 가면,
꼭 필요하지 않은 것까지 사서 가지고 오게 된단다.

잔칫집에서 음식을 먹을 때

애야!
잔칫집에서 음식을 먹을 때
국수는 맨 나중에 먹거라.
국수는 이미 너에게 주어진 몫이고
평소에 집에서 못 먹던 음식부터 먹거라.

이렇게 말하는 이 에미 심정을
언젠가는 이해할 날이 올 거다.
알아들었느냐?

- 예! 어머니.

짜게 먹지 말거라

애야!
이 에미가 밥상에 간장을 놓는 것을 본 적이 없지?
음식은 좀 싱겁다고 할 정도로 먹거라.

예로부터 음식을 짜게 먹는 사람치고 오래 사는 사람 없다고 했다.
그리고 음식을 먹을 때도 먹는 순서가 있단다.
처음에는 싱거운 음식부터 먹기 시작하거라.
처음에 젓갈류나 장아찌부터 먹으면 싱거운 음식은
아무리 좋은 것이라도 맛이 없단다.
잘 기억했다가 이다음에 너의 자식들한테도 가르치거라.
- 예! 어머니.

짜게 먹어서 좋은 사람은 소금 장사뿐이란다.

키가 작으면 눈높이를 높여라

애야!
다른 애들과 외모를 비교해서
열등의식을 갖지 말거라.

키가 작고 말랐다고
절대 열등의식을 갖지 말거라.

설사 다른 애들과 비교해서 열등한 부분이 있더라도
그것을 애써 숨기려 하지 말거라.

키가 작으면 작은 만큼
너의 눈높이를 높이거라.

돌다리를 놓아라

애야!
냇가를 건널 때마다 발을 벗고 건너지 말고
힘이 들더라도 돌다리를 놓거라.

돌다리를 놓으면
개울을 건널 때마다 발은 안 벗어도 된단다.

물도 죽에 부으면 물이 아니라
죽이 된다.

애야!
밖에 누가 왔느냐?
- 예, 친구들이 두 명 왔어요.

그래, 이 시간에 왔으니 같이 허기를 때워야겠구나.
애야! 가서 죽 끓이는 솥에 물 한 바가지만 붓고 오너라.
물도 죽에 부어지면 물이 아니라 죽이 된단다.
모자라서 나눠 먹지 못하는 것이 아니라,
방법을 몰라서 못 나눠 먹는 것이란다.

음식을 먹으려 할 때는
뱃속에다 물어보아라

애야!
남의 집 안으로 들어갈 때는 대문을 두드리거나
헛기침해서 들어가도 좋으냐는 허락을 받듯이,
음식을 먹으려 할 때는 뱃속에다 물어보아라.

속에서 음식을 받아들일 준비를 하는 시간적 여유를 주고
너는 몇 번이고 침을 삼키며 음식이 들어갈 길을
부드럽게 하거라.

밥 먹고 체한 데는 약은 있어도
물 먹고 체한 데는 약이 없다

애야!
물도 꼭꼭 씹어 먹으라는 말은 들어봤지?
밥만 씹어 먹는 것이 아니라 물도 꼭꼭 씹어 먹어야 한단다.

물도 천천히 씹어 먹으면 양식이 되고
그냥 마시면 물일뿐이란다.
잘 기억하고 실천하거라.

사내놈 숟가락, 젓가락질만 봐도
그 집 에미 아비를 알 수 있단다

애야!
비록 보리밥에 김치만 놓고 먹더라도
숟가락, 젓가락질의 예의를 익히거라.
숟가락, 젓가락질은 평소의 습관화된 행동으로
그것이 곧 예절의 시작이란다. 같이 먹는 밥상에서
젓가락으로 집었다 놨다 하지 말고
에미가 가르쳐 준 대로 하거라.

그리고 식사하면서는 항상 같이 먹는 사람과의
보조를 맞추거라.
혼자 빨리 먹어도 안 되고 늦게 먹어도 안 된단다.

물에 밥 말아 먹지 마라

애야!
입맛이 없다고, 소화가 안 된다고,
물에 밥을 말아 먹거나 밥에 물을 말아 먹지 말거라.
물에 밥 말아 먹는 사람치고
속 좋은 사람 한 명도 없단다.
당장 먹기는 좋을지 모르지만
맨밥을 꼭꼭 씹어 먹은 사람이 소화가 더 잘 된단다.

- 예, 어머니.

기지개를 자주 켜거라

애야!
아침에 자고 일어날 때 바로 일어나지 말고
기지개를 크게 켜고, 누운 상태에서 팔다리를
움직인 다음 일어나거라.
온몸 마디마디가 아직 일어서기에
준비가 안 된 상태이므로
잘못하면 무리가 될 수 있으니
어려서부터 일어나기 전에 준비 운동하는 것을
습관화되도록 하거라.

낮에도 오래 앉아 있거나 같은 자세로
장시간 있고 난 뒤에는 가끔 기지개를 켜거라.
피로를 푸는 좋은 방법이란다.

냇가의 물고기는
한 번에 다 잡으면 안 된다

애야!
웬 물고기를 그렇게 많이 잡아 왔니?
냇가에 아무리 물고기가 많아도 한 번에 그렇게 많이
잡으면 안 된다.
우리 식구가 한두 번 끓여 먹을 만큼만 잡아야지.
냇가에서 고기를 잡아 올 때는 곳간에서
그날그날 먹을 양식을 내오듯이
냇가도 곳간이라 생각하고 먹을 만큼만 잡아 오거라.

알아들었느냐?
- 예, 어머니.

그리고 한 가지 더 이야기한다면,
가리 때에는 물고기를 잡지 말거라!
가리 때에 물고기를 잡으면
내년에 먹을 물고기가 적어진단다.

어머니 '가리'가 뭐여요?
물고기가 여울에서 알을 낳는 때를 말한단다.

발도 숨을 쉰다.

애야!
코로만 숨을 쉬는 것이 아니고, 발로도 숨을 쉰단다.
하루종일 신발 속에 발을 담아서는 안 된다.
물론, 하루종일 밖에서 일하는데 신발을 안 신고
할 수는 없지만, 그럴 때는 잠시 쉴 때라도
신발을 벗고 양말도 벗고 발을 말리거라.
발도 바람을 쐬고 햇빛을 볼 때 건강해진단다.
발에 생기는 무좀도 곰팡이란다. 곰팡이는 습하고
바람이 잘 안 통하는 곳에 생기듯 발이 습하거나
신발 속에 갇혀 있을 때 생긴단다.
애야!
발이 깨끗하고 산뜻하면 정신이 맑아진단다.
발이 개운하면 다리에 힘이 간단다.
다리에 힘이 생기면 자신감이 생기고, 인생의 먼 길을
거침없이 헤쳐나갈 수 있는 것이란다.

알겠느냐?
- 예, 어머니.

산이나 들에서 물을 마실 때

애야!
어쩔 수 없이 산이나 들에서 물을 마실 때는 주의해서
먹어야 한다. 가능한 흐르는 물을 마셔야 하며, 땅속에서
솟아나는 샘물을 마시거라.
웅덩이에 고여 있는 물이나, 골짜기에 고여 있는 물은
마시지 말거라.
물 밑에 앙금이 있거나, 이끼가 끼어있거나, 주변의
흙이나 바위 색이 보통 색깔과 다르면 일단 그 물은
마시지 말거라.
그리고 물을 마실 때는 엎드려서 입을 대고
바로 마시지 말고 두 손을 모아 떠서 마시거라

- 어머니!
어머니는 그때 나뭇잎으로 종지를 만들어 떠서 마셨잖아요?

그래, 나뭇잎이나 가랑잎이 있을 때는 그렇게 하고 없
을 때는 손을 이용하라는 뜻이다. 알겠니?

- 예, 어머니.

애들이 인사만 잘해도
집에서 배울 것 절반은 배운 것이다

애야!
애들이 밖에 나가 인사만 잘해도
집에서 배울 것, 절반은 배운 것이란다.

공부는 오랫동안 해야만 하는 것이지만
인사는 어려서 못 배우면
커서 배우는 것이 아니란다.

인사를 입으로만 하지 말고
몸과 마음으로 해야 한다.

이다음에 느끼겠지만
인사는 남을 위해 하는 것이 아니라
자신을 위해 하는 것이란다.

- 예, 어머니.

마음을 넓히면 천지가 다 내 땅이다

- 진순네와 광산 김씨네는 논도 많고 밭고 많은데
우리는 왜 비탈밭과 자갈밭 조금밖에 없어요?

그래, 네가 봐도 땅이 좁다고 생각할지 모르겠지만
방법이 있다면 지금 당장은
생각의 폭을 넓히는 길밖에는 없구나.

애야!
땅이 좁으면 생각의 폭을 넓히거라.
마음을 넓히면 천지가 다 우리 땅이란다.

- 에이, 그런 게 어디 있어요?

산에서 방향 감각을 잃었을 때

애야!
만약에 깊은 산에 갔다가 길을 잃어
방향을 분간 못 할 때는 나무를 살펴보거라.
다른 쪽보다 나뭇가지가 무성한 쪽이 남쪽이란다.

이 세상에서 제일 좋은 약은 햇빛이다

애야!
이 세상에서 제일 좋은 약 중의 하나는 햇빛이란다.
여름철에 하루종일 햇빛에 노출되는 것은 나쁘지만
그럴 때는 모자를 쓰거나 수건으로
적당히 머리를 가리고 생활하거라.
겨울에도 춥다고 방안에서 웅크리지 말고 밖에 나가
햇빛을 쬐거라.
양지바른 곳에서 웃옷을 벗고
태양이 주는 보약을 가득 받거라.
넉넉한 사람은 따뜻한 방에서 보약을 먹지만
보약을 살 여력이 없는 사람에게는
태양이 보약을 아낌없이 준단다.

- 예, 어머니
내일부터 해만 뜨면 입 벌리고 보약을 실컷 먹을게요.

예끼!

음식은 꽉꽉 씹지 말고
지그시 누르며 씹어라

애야!
음식을 먹을 때
꽉꽉 씹지 말고 지그시 누르며 천천히 씹거라.
마치 모래사장을 천천히 누르며 걷듯 씹어야 한다.
어떻게 씹느냐에 따라 이를 아낄 수 있단다.

배부르게 먹지 말거라

애야!
식탐을 부려서는 안 된다.
음식은 항상 조금 더 먹고 싶다 싶을 때 숟가락을 놓거라.
네가 배불러 있는 동안 너는 멍청이가 된단다.
너의 몸에 주된 기능이 소화작용에만 매달려
너의 기억력과 판단이 평소보다 저하 된단다.
배부르게 먹고 바로 누워 자는 것은
돼지하고 다를 바가 없단다.

- 어머니! 그런데요, 점심을 못 먹는데 아침이라도
많이 먹어두어야 하는 것 아닌가요?
그리고 어쩌다 잔칫집에 가면
그런 기회에 많이 먹어두는 것이 옳은 일 아닌가요?

아니다. 너의 위는 음식물 저장 창고가 아니라
음식물이 들어오면 바로 작동하는 기계란다.
기계는 처리할 수 있는 용량이 있지 가득 채워 놓으면
기계 작동에 무리가 생긴단다.
애야! 기억 못 하겠으면 적어두거라!

입을 꼭 다물고 자거라

애야!
잠을 잘 때는 입을 꼭 다물고 자거라.
- 왜요?

벌레 들어갈까 봐 그런다.
- 벌레요?

그래, 벌레 들어간다는 것은 농담이고,
잘 때 입을 벌리고 입으로 숨을 쉬면서 자면
기도가 건조해져서 건강에 안 좋고 입 냄새가 난단다.
입안이나 기도는 촉촉하게 젖어 있어야지.
마르거나 건조해지면 건강을 해친단다.
그러니, 아무 소리 말고 잠잘 때는 입을 꼭 다물고 자거라.

몸이 아프면 마음부터 살피거라

애야!
몸이 아프면 마음부터 살피거라.
물론 다 그런 것은 아니지만, 몸이 아프면
그 전에 마음이 먼저 상처를 입은 경우가
많이 있단다.
어릴 적보다는 네가 점점 성장해 가며
그런 경우가 더 많이 생긴단다.
이다음에도 이 에미의 말을 잊지 말고
몸이 아프면 마음부터 꼭 살펴보거라.

- 예, 어머니.

똥은 멀리해야 할 더러운 것이 아니다

애야!
오늘 똥을 누었느냐?
- 예, 어머니.
그래, 누운 똥을 잘 살펴보았느냐?
- 예, 어제저녁에 콩나물밥을 먹어서 그런지
콩나물 대가리가 보였어요.

그래, 무엇을 잘못했다고 생각하느냐?
- 꼭꼭 씹어 먹지 않았다고 생각을 했어요.

그래, 바로 그거다.
똥을 누고 네가 살펴보지 않았다면
그런 생각을 못 했을 것이다.
똥은 결코 멀리해야 할 더러운 것이 아니란다.
우리의 뱃속에 가득 들어있는 것이 똥이란다.
똥을 보면 무엇을 먹었는지, 잘 씹어 먹었는지
충분히 소화되었는지 알 수 있단다.

얘야!
앞으로도 똥을 누고 나서는 똥의 냄새가
평소와 다른지, 똥의 색깔이 평소와 다른지
똥의 굵기가 변했는지
먹은 음식물이 그대로 보이는지 꼭 살펴보거라.
- 예, 어머니.

그리고 똥을 누고 씻지 않고 닦으면 안 돼요?
겨울에는 변소의 항아리 물이 너무 차가워요.
물론 따뜻한 물이 있다면 좋겠지, 그러나 변소에 있는
항아리 물은 한탄강의 물이 얼어도 얼지 않는단다.
이 에미가 날이 추울 때는 소금을
한 주먹 더 넣어놔서 절대로 얼지 않는단다.
음식을 먹고 나서 이를 닦듯이 똥을 누고 나서도
똑같이 하거라. 알아들었느냐?

- 예, 어마마마.

눈을 비비지 말거라

애야!
눈에 이물질이 들어갔을 때 비비지 말거라
깨끗한 물로 닦아보고, 그래도 이물질이 잘 안 나오면,
다른 사람에게 도움을 청하던지 의원을 찾아가거라.

음식을 먹을 때는 감사의 기도를 하고
변을 볼 때는 평화의 기도를 하거라

얘야!
비록 거칠고 맛없는 음식을 먹을지언정
음식을 먹을 때는 감사의 기도를 하거라.
그러면 그 음식은 너에게 강한 힘을 줄 것이다.
그리고 대변을 볼 때는 편안한 마음으로
평화의 기도를 하거라.
그러면 뒷간에 오래 앉아 있지 않아도 된단다.

똥 실은 수레 뒤는 따라가지 말거라

애야!
과실 실은 수레 뒤는 따라가도 똥 실은 수레 뒤는
따라가지 말 거라. 과일 실은 수레 뒤를 따라가다
보면 과일이라도 주워 먹을 수 있지만
똥 실은 수레는 똥물밖에 튀는 게 없단다.

사람을 따를 때는 꽃마차인가, 똥마차인가
잘 생각하고 따르거라.

가려운 곳을 긁지 말고
손바닥으로 두드리거라

애야!
몸에서 가려운 곳이 있으면 손톱으로 긁지 말고
가볍게 두드리거라.
손톱자국이 나도록 뻘겋게 긁는 것은
아주 나쁜 것이란다.
긁고 싶으면 차라리 문지르거라. 그것도 좋은 것이다.
앞으로 그렇게 하겠느냐?

- 예, 엄마.

콧구멍을 깨끗이 씻거라

애야!
세수할 때는 얼굴만 씻지 말고 콧구멍도 깨끗이 씻거라.
네 몸 중에서 공기에 의해 제일 먼저 더러워지는 곳이
바로 콧구멍이란다.
콧구멍이 깨끗하면 폐가 깨끗해진단다.

- 예, 엄마.
그런데 귓구멍은 어떻게 해요?

당연히 씻어야지. 그리고 말하는 김에 마저 하마.
코는 세게 풀어서는 안 된다.

- 예, 엄마,

입을 꼭 다물거라

애야!
음식을 먹거나 말을 할 때 외에는 입을 꼭 다물거라.
입을 통해 숨을 쉬면 가슴이 나빠지니 가능한 입으로
들숨을 쉬지 말거라.

- 예, 엄마. 그리고 입을 열고 다니면 바보같이 보이기도 해요.

그래, 입을 열고 다닌다고 다 바보는 아니지만
입을 열고 다니는 것은
가슴을 풀어헤치고 다니는 것과 같단다.
입을 열어야 할 때는 열고
쓰지 않을 때는 대문을 닫듯 굳게 닫거라.

- 예, 엄마.

수건으로 얼굴을 닦을 때

애야!
이 에미가 수건 사용하는 방법까지
너에게 가르치는 것은 어려서 배울 때
올바르게 배우라는 뜻에서 이야기하는 것이란다.
이 세상에 수건을 사용 못 하는 사람은 없단다.
그러나 올바르게 사용하는 사람은 그리 많지 않단다.

땀을 흘리거나 세수를 하고 얼굴이나 몸을 닦을 때
수건을 위아래로 비비며 닦지 말거라.
수건으로 꼭꼭 눌러가며 닦거라.
왜 그래야 하는지는 살면서 터득하거라.

음식을 먹을 때
맨 마지막에는 김치를 먹거라

애야!
고기나 기름진 음식을 먹고 나서는 맨 마지막에
김치를 먹거라. 가능하면 잘 익은 신 김치를
입안 가득 넣고 꼭꼭 씹어 이빨 사이에 낀 기름기를
닦아낸다는 기분으로 먹거라.
충치 예방에 좋은 효과가 있단다.
그렇다고 이빨을 닦지 않아도 된다는 말은 아니다.
알겠느냐?

- 예, 어머니.
그런데, 우리가 언제 집에서
기름진 고기를 먹어 본 적이 있나요?

그래, 내 말은 고기를 먹을 기회가 있을 때
그렇게 하면 좋다는 뜻이고
다른 음식을 먹을 때도 그렇게 하라는 말이다.
알아들었느냐?

피를 빨고 있는 모기는 때려잡지 말거라

애야!
모기가 몸에 붙어 피를 빨고 있을 때
손으로 때려잡지 말거라.
손으로 쫓아 버리든지 아니면 몸에서 떨어진 후에 잡거라.
모기의 불결한 침이 몸에 박힌 채로 죽으면 덧나기 쉽단다.

- 예, 어머니.

아침에 일어나면 문을 활짝 열거라

애야!
아무리 추운 겨울이라도 아침에 일어나면
문부터 활짝 열어 아침의 신선한 공기로
방안을 가득 채우거라.
너와 함께 잠자던 모든 것이 함께 일어나 움직여야
맑은 정신으로 하루를 시작할 수 있단다.

거울 보듯 세계지도를 보거라

애야!
세계지도를 거울 보듯이 자주 보거라
집에는 지구본이 없으니, 학교에 가면
지구본을 돌려가며 각 나라를 손가락으로 짚어가며
여행을 자주 하거라.
그렇게 하다 보면 눈을 감아도 머릿속에서
세계지도를 그릴 수 있으며
이미 너는 세계를 생각하고 세계를 무대로 하는
꿈을 키울 것이다.

애야!
우물 안에 개구리가 그린 세상하고
들판의 개구리가 그린 세상의 그림은
너무도 많은 차이가 있단다.

두뇌를 개발시키는 학습 방법은 없다

얘들아!

이 에미가 알기로는

두뇌를 개발시키는 학습 방법은 없단다.

다만, 두뇌가 반사적으로 활동하도록

습관화시키는 것이란다.

공부를 잘하려면, 공부하는 습관을 들이거라.

습관이 잘 된 두뇌는 반사적으로 반응한단다.

알아들었느냐?

뜨물은 팔방미인이다

애야!
쌀 씻은 뜨물은 버리지 말거라.
쌀 씻은 뜨물은 팔방미인이란다.
여기저기 안 쓰이는 곳이 없단다.
소금을 넣고 끓여 오이지를 담그면 오이지가 무르지 않고,
세수한 다음 얼굴을 씻거나 머리를 감고 나서 헹구면
최고의 미용 재료란다.
콩나물이나 숙주나물을 기를 때 쌀뜨물을 주면
포동포동 살이 찐단다.
그뿐 아니라 기름기 묻은 그릇도 잘 닦인단다.

- 어머니!
저는 남자인데 그런 것을 알아야 하나요?

그래, 나도 네가 사내인 줄 알면서 하는 소리란다.
사내한테 여자가 알아야 할 사항을 이야기하는 것은,
사내도 여자 일을 잘 알아야 여자를 이해할 수 있고
여자를 판단할 수 있단다.
알아들었느냐? 왜 대답이 없느냐?

산토끼도 다니는 길이 있다

애야!
산에 산토끼가 아무 데로나
천방지축 뛰어다니는 것 같지만, 아니란다.
위험이 없는 안전한 다니던 길로 뛰어다니는 것이란다.

애야!
이 에미가 하는 말의 뜻을 알아들었느냐?

- 예, 어머니.

교육자가 되려면···

어머니!
저는 사학을 공부해서 어린아이들에게
역사를 가르치는 선생님이 되고 싶은 생각이
오늘 들었어요. 어머니는 어떻게 생각하세요?

애야!
그래 참 좋은 생각을 했구나.
그러나 남의 장점을 발견할 수 있는 재능이 없으면,
선생님이 되겠다는 생각은 좀 더 후에 해 보거라.
한참 꿈많은 아이들에게 그들의 장점을 발견해서
말해 줄 수 있는 능력을 갖추는 것이
참다운 선생님이 되는 길이란다.
알아들었느냐?

집안에 도둑이 들었을 때

애야!
집안에 도둑이 들면, '도둑이야!'하고 외치지 말고,
'불이야!'하고 외치거라.
'도둑이야!'하고 외치면
주변 사람들이 나서기를 주저한단다. 그리고 도둑도
놀라서 예상치 못한 행동을 할 수 있단다.
'불이야!'하고 외치면 주변 사람들이 선뜻 나설뿐더러,
도둑도 자기를 향한 행동이 아니기에 생각하고 하던
일을 멈추고 도망간단다.

- 예, 어머니.
그런데 진짜 불이 나면 '도둑이야!'하고 외치나요?

그땐 네 맘대로 외치거라. 어차피 불이 난 거니까.

예절이 바르면 반은 성공한 것이고
약속을 잘 지키면 반은 이룬 것이다

애야!
교육의 절반은 예절이란다.
아무리 똑똑하고 잘난 사람이라도
예절이 바르지 않으면 똑똑하고 잘난 것이
가려지기 마련이란다.
집을 지을 때 주춧돌 위에 기둥을 올리듯이 예의범절
위에 지식을 쌓아야 올바른 지식이 된단다.
웃어른들에게 인사를 잘하고 예의가 바르면 공부는
조금 못해도 그것이 훨씬 세상을 사는 데 중요하단다.

아들아!
나는 네가 공부만 잘하는 사람이길 원치 않는다.
내 말을 명심하거라.
예절이 바르면 인생의 반은 성공한 것이고
약속을 잘 지키면 반은 이룬 것이란다.

- 예, 어머니

책은 바가지 쓰고 사는 법이 없단다

얘야!
네가 필요한 책을 샀다면
책은 바가지 쓰고 사는 법이 없단다.
책을 살 때는 책의 내용에 더 신경을 쓰거라.

네가 문을 열었으면 네가 문을 닫아라

애야!
닫힌 문을 네가 열고 들어왔으면 네가 닫아라.

매사에 자신이 일을 시작했으면
스스로 마무리를 해야 한단다.
너를 위해 네 뒤를 따라다니며 문을 닫아줄 사람은
아무도 없단다.

제2부

잔소리 -소년 2

잔소리는 멋진 나무를 만들기 위한
가지치기란다

애야!
이 에미가 자주 하는 잔소리에 대해
어떻게 생각하느냐?
이 에미가 하는 잔소리는 멋진 나무를 만들기 위해
잔가지를 치고 다듬는 행위로 보면 된다.

계획이 없는 잔소리는 그냥 잔소리이겠지만
이 에미 머릿속에 그려진
그림과 계획으로 다듬고 있는 것이니
스스로 모양을 만들어나갈 때까지는
듣고 따르거라!
알아들었느냐?

줄과 작대기의 용도를 잘 파악하거라

아들아, 내 사랑하는 아들아!
무언가를 밀어야 할 때 줄을 매서 밀수는 없단다.
줄은 당기기가 쉽고, 작대기는 밀기에 쉽단다.
세상을 살아가며 밀 것인가, 당길 것인가를 생각하고
줄과 작대기를 선택하거라!

- 예, 어머니.

집에 온 거지에게는 밥을 주고
뱃속의 거지에게는 물을 주거라

엄마!
나는 왜 먹고 돌아서면 금방 배가 고프지?

글쎄다. 아마 너의 뱃속에는 거지가 들어 있나 보구나.
나는 너와 같이 먹었는데도 아직 배가 부르단다.
애야!
뱃속의 거지를 쫓아내는 방법을 알려줄 테니 그리하거라.
밥을 먹은 지 얼마 안 되어, 배가 고프면 그건 분명히
뱃속의 거지가 시키는 행동일 것이다.

집에 온 거지에게는 먹을 것이 있으면 때가 아니더라도
네 맘대로 주어도 괜찮다.
그러나 때가 안됐는데 뱃속의 거지가 밥을 달라면
물을 한 바가지 주거라.
그렇게 하다 보면…

– 엄마!
근데 왜 울어?

잘못은 즉시 인정하거라

애야!
잘못은 즉시 인정하거라.

늦어지면 늦어질수록
돌아가는데 힘들어진단다.

이때 상대방에게 인정하기 전에
자기 자신에게 먼저 잘못을 인정하거라.

개(犬)가 예쁜 것은
순종하기 때문이다

애야!
개가 예쁜 것은
주인에게 순종하기 때문이란다.

자식이 부모에게 순종하지 않으면
개 키우는 것만도 못하단다.

운명보다 더 중요한 것은
생활 습관이다

애야!
타고난 운명도 생활 습관에 따라 바뀐단다.
운명보다 더 중요한 것은
생활 습관이란다.

어려서부터 좋은 생활 습관을
몸에 익히는 것은
너의 운명이 좋은 쪽으로 변할 것이다.
알아들었느냐!

한 손으로 물건을 주고받으면…

애야!
한 손으로 물건을 주고받으면
물건만 주고받는 것이지만
두 손으로 물건을 주고받으면
마음까지 주고받는 것이다.

손윗사람이나 손아랫사람을 가리지 말고
뭔가를 주고받을 때는 꼭 두 손으로 주고받거라.

농사나 인생은 잡초와의 싸움이다

애야!
농사란 잡초와의 싸움이란다.
초기에 잡초를 잡지 못하면 결국 애써 키운 작물이
풀 속에 묻혀 한해 농사를 망치고 만단다.
잡초란 싹이 움틀 때 바로 뽑아내야지.
오래 놔두면 놔둘수록 뽑아내기가 힘들어진단다.

애야!
잡초란 논밭에서만 자라는 것이 아니고 사람의 마음속에서
시도 때도 없이 자란단다.
저녁에 잠자리에 들기 전에 하루를 뒤돌아보며 못다 뽑은
잡초가 있으면 뽑고 자거라.
뿌리를 뽑지 않고 순만 자르면 그 풀은 그 잡념은
돌아서면 또 고개를 내밀고 있단다.

– 예! 어머니.

대중 앞에 섰을 때

애야!
네가 이번에 웅변대회에서 일등을 했다는 것은
공부를 일등 한 것보다 더 값지다고 나는 생각한다.
남자는 살다 보면 대중들 앞에 서는 경우가 생길 것이다.
그런 때를 대비해 내 말을 잘 귀담아듣거라.

대중이 모인 자리에서 연단에 섰을 때는
개개인의 눈과 행동을 보지 말거라.
대중 전체가 하나가 되어 너를 바라보고 있듯이
너도 대중 전체를 하나로 보거라.
대중을 대할 때, 한 사람 한 사람을 쳐다보고 행동하면
대중을 움직이는 행동을 할 수가 없단다.

산에 오를 때, 산 전체를 보고 등산 계획을 세우듯이
숲을 보고 계획을 세우면 정상을 찾기가 어렵단다.

선택보다 중요한 것은
선택 후에 노력하는 자세다

애야!
세상 모든 일이 어떤 것을 선택하느냐에 따라
가는 길이 달라진단다.
그러나 더 중요한 것은
선택한 후에 노력하는 자세란다.

아무리 좋은 길을 선택했어도
노력하지 않으면 꽃을 볼 수 없단다.

이~놈!
에미 말을 듣다가 졸면
종아리를 걷어야지!

노래를 부를 줄 모르면 듣기라도 즐겨라

애야!
가끔은 노래를 부르며 살거라.
부를 줄 모르면 듣기라도 하거라.

스스로 자신에게 노래를 불러준다는 것은
가슴에 있는 것을 꺼내 머리에 전달하며
말과 일치하는 행동이란다.

부를 줄 모르면 듣기라도 하거라.

눈이 밝으면 머리가 맑아진다

애야!
네 몸 중에서 어느 하나 중요하지 않은 것은 없단다.
그러나 눈의 중요성은
어떤 말로도 표현하기가 어렵단다.
그래서 우리 몸이 천 냥이면 눈이 구백 냥이라는
말도 있단다.

눈은 선천적으로 나쁘게 태어나는 사람도 있지만
어려서부터 관리 소홀로 나빠지거나 다치는 사람이 많단다.

깨끗한 물로 자주 씻고
오랫동안 한 곳에만 집중하지 말고
멀리도 보고 하늘도 쳐다보며
쉴 때는 눈을 감고 쉬거라.

눈이 건강하면
남자에겐 자신감이 생긴단다.

사시사철 배는 따뜻해야 하고
머리는 시원해야 한다

애야!
배가 차갑다는 것은
아궁이에 불이 꺼진 것과 같단다.

네가 먹은 음식을 소화하려면
배가 따뜻해야 소화가 잘된단다.

배는 네 몸을 움직이는 힘을 만들어내는
발전소와 같은 곳이다.

사시사철 배는 따뜻해야 하고
머리는 시원해야 한단다.

물건을 고를 때는 흠을 찾아내고
사람을 볼 때는 장점을 찾아라

애야!
필요한 물건을 살 때는
흠을 찾아내고
사람을 볼 때는
그 사람의 장점을 찾아보거라.

티가 없는 사람은 없다.
단점보다 장점이 많으면
그 사람은 네가 배워야 할 사람이다.

두세 가지 일을 동시에 하지 말거라

애야!
라디오를 들으며 숙제도 하고
동생들까지 본다면
틀림없이 한 가지 일은
실수를 범하게 마련이란다.

주의력이 요구되는 일을 할 때는
절대로 여러 가지 일을 하지 말거라.
사고의 원인이 된단다.
알아들었느냐?

— 예, 어머니!

더러우면 피하고 무서우면 도망가거라

애야!
더러우면 피하고
무서우면 도망가거라.

네가 더럽혀지지 않고 살아남아야만
후일을 기약할 수 있는 것이란다.

젊은 혈기에 객기 부리지 말고
더러우면 피하고
무서우면 도망가서
이기는 방법을 생각해 보거라.

피곤할 때 쉬는 것은 게으름이 아니다

애야!
피곤할 때는 쉬거라.

몸과 마음이 피곤할 때 쉬는 것은
게으름이 아니란다.

멀리 가는 새는
쉬어서 간단다.

네가 남을 흉보고 있을 때
남들도 너를 흉보고 있다

애야!
네가 남들을 흉보고 있다면
남들도 그 시간에 너를 흉보고 있을 것이다.

네가 남들을 칭찬하고 있다면
남들도 최소한 너를 욕하고 있지는 않을 것이다.

남을 흉보려면
네 흉부터 먼저 보거라.

우물에 침 뱉은 놈, 다시 와서 마신다

애야!
다시는 안 볼 것처럼
못된 짓을 하고 돌아선 놈
결국 다시 와서 머리 조아린단다.

너는
어떠한
경우에도
막가는 행동은 하지 말거라.

이 세상에 마중물이 되어서 살거라

아들아! 사랑하는 아들아!
이 에미가 장에 갔다 올 때쯤이면
너는 나를 통제고개까지 마중을 나오지 않느냐?
마중 나온 아들을 보며
이 에미는 너와 하나가 되어
하루의 고단함을 다 잊는단다.

누군가를 마중을 나간다는 것은
미리 준비하고 기다렸다가
하나가 된다는 것은
그것이 사랑이고 믿음이고 삶이란다.

펌프에 한 바가지의 마중물을 부어야만
땅속 물을 끌어 올릴 수 있듯이
항상 다른 사람들에게 마중물이 되어서
사람의 가슴을 열 수 있는 그런 사람이 되거라.
아들아, 고맙다.

오늘은 머리에 이고 나간 것을 다 팔았단다.
내일은 쌀밥을 해줄…

– 엄마!
쌀밥 안 먹어도 좋으니, 울지마….

우물에는 큰 고기가 없다

애야!
우물에는 큰 고기가 없단다.
큰 고기를 잡으려면
강이나 바다로 가거라.

선산先山 걱정은 하지 말거라.
선산을 지키는 건
못나고 굽은 소나무다.

대처로 나가
굵고 곧은 나무가 되거라.

자신에 대한 변함없는 믿음만이
꿈을 향해 가는 지름길이다

애야!
마음이 흔들리느냐?
가슴이 아프냐?
믿음이 깨졌냐?

모자 쓰고 가방 들고 학교 가는 친구들을 보니
마음이 아프냐?
사내새끼가 그렇게도 쉽게 마음이 흔들리느냐?

비록 학교는 못 다니더라도
배움의 길은 있다고
네가 스스로 말하지 않았느냐?

자신에 대한 변함없는 믿음만이
네 꿈을 향해 가는 지름길임을 명심하거라!

희망이라는 믿음이 있으면
반드시 길은 보인다

애야!
하늘이 무너져도 솟아날 구멍은 있다는
말이 있지 않느냐?
사내새끼는
언제 어디서나
절대로 희망을 포기해서는 안 된다.

어떠한 상황에서도
희망이라는 믿음이 있으면
길은 보인단다.

하늘이 무너지는 듯한
절망과 아픔이 오면
이 에미 말을 꼭 생각하거라.

명심하거라!

사소한 결정에 시간을 낭비하는 것은
인생을 낭비하는 것이다

애야!
점심때 국수를 먹을까, 자장면을 먹을까 가지고
아침부터 걱정한다면 참으로 어리석은 행동이겠지?

이다음에 무엇을 할까를 가지고는
1년, 아니 10년을 고민해도 괜찮다.
그러나 사소한 것을 결정하는데
너무 많은 시간을 낭비하지 말거라.

판단력이란
평소의 습관화된 지혜다

애야!
판단력이란
생활하면서 습관화된 지혜란다.

그 지혜는 하루아침에 이루어지는 것이 아니고
평소에 생각하고 이루어 놓은 것이란다.

살아가면서 얻은 지식을 어떻게 활용하느냐가
판단력을 키우는 연습이란다.

단맛을 알려면
쓴맛도 알아야 한다

애야!
진정 단맛을 알려면 쓴맛부터 보거라.

쓴맛을 보지 못한 사람은
단맛의 의미를 잘 모른단다.

다시 말하면
쓴맛을 본 사람만이
단맛의 달콤함을 음미할 수 있는 것이란다.

욕은 욕을 부르끄
주먹은 주먹을 부르끄
존댓말은 이성理性을 부른다

애야!
말다툼할 때는
존댓말을 쓰거라.

어머니!
말다툼하거나 싸움을 할 때
목소리 큰 놈이 장땡이고, 주먹이 먼저지,
어떻게 존댓말을 해요?

욕은 욕을 부르고
주먹은 주먹을 부르지만
존댓말로 말다툼하면
벼랑으로 떨어지는 것은 피할 수 있단다.

복福은 굴러오는 것이 아니고
구르는 사람한테 붙는 것이다

애야!
복福은 저절로 굴러오는 것이 아니고
노력하는 사람한테 붙는 것이란다.
노력하고 움직이지 않는 사람에게는
복이 붙을 기회가 없단다.

누가 너에게 달콤한 소리를 하면
귀를 막고 들어라

애야!
누가 네 앞에서 달콤한 소리를 하면
귀를 막고 듣거라.
정도가 지나칠 정도로 계속하면
그 자리를 떠나거라.
그러나 누가 너에게 쓴소리를 할 때는
마음을 열고 새기면서 듣거라.

이해 갈등이 있는 곳에서는
통분해서 공통분모를 찾거라

애야!
어른, 애 가릴 것 없이
이해 갈등이 있는 곳에서는
통분해서 공통분모를 찾거라.

공통분모를 찾았으면
이익은 최대공약수로
손실은 최소공배수로 하면
크게 반발이 없단다.

이 세상을 살아가면서
수학보다는 산수가 더 필요하단다.
알아들었느냐!

밥상에서 먹은 음식은 과식하지만
책상에서 먹은 양식은 과식이 없다

애야!
밥상은 육체의 양식을 먹는 상이고
책상은 마음의 양식을 먹는 상이란다.

밥상에서 먹는 음식은 과식할 수 있지만
책상에서 먹는 마음의 양식은 과식이 없단다.

젊어서는 밥상보다는
책상에 앉아 있는 시간이 많아야 한다.
알아들었느냐!

남자도 거울을 보아야 한다

애야!
남자도 거울을 보며 살아야 한다.
자신을 위해 보기보다는
자신과 마주치는 사람을 위해 남자도 거울 앞에서
얼굴과 맵시를 다듬고 나가야 한단다,

단, 거울 앞에 머무는 시간이
여자처럼 길어서는 안 된다.
명심하거라.

옷을 잘 입는 것은 습관이다

애야!
옷을 잘 입거라.
비록 비싸고 좋은 옷이 아니더라도 깔끔하고
단정하게 입거라. 옷을 잘 입는 것은 습관이다.
또한, 좋은 옷을 입어야만 잘 입는 것은 아니란다.
옷을 잘 입는다는 것은 자신만을 위한 것이 아니고,
네가 만나는 사람들에 대한 예의도 포함돼 있고
이 에미에 대한 시각도 있단다.
알아들었느냐?

- 어머니, 그런데요,
옷이 너무 낡아서 가끔은 마음에 걸려요.

낡은 것은 흉이 되지 않는다.
더럽고 냄새나는 것이 흉이지.

남들과 다툴 때

얘야!
남과 다툼이 있을 때
상대방의 자존심을 건드리는 허물이라면
절대로 지적하지 말거라.

특히 상대방의 신체적인 약점이나
집안을 들먹이며 다투어서는 절대 안 된다.
알아들었느냐!

아무리 생각해도 억울하면
어떻게 해야 하나요?

어머니!
아무리 생각해도 억울하면
어떻게 해야 하나요?

지금 너처럼 어렸을 때는
소리 내 울어야지.
아니면 밖에 나가 돌부리라도 걷어차야지.

어머니!
이다음에 나이 들어서 억울하면
어떻게 해야 하나요?

공동묘지에 가서 물어봐야지.
너보다 더 억울한 사람
거기 가면 우글우글하단다.

제3부

회초리 -소년

복수하려면 잊어버려라

애야!
아무리 노여움을 참기 힘들어도 복수하려 하지 말거라.
굳이 복수하고 싶다면 빨리 잊어버려라.
상대방의 존재 자체를 잊어버린다는 것은
서로가 다치지 않는 최고의 복수다.

- 어머니! 그게 말처럼 쉬워요?

그래, 쉽지 않단다.
그러나 한 번이 어렵지
자꾸 훈련되면 그리 어려운 일도 아니란다.

돈주머니는 두 개를 차거라

애야!
돈주머니는 두 개를 차거라.
들어오는 돈주머니는 겉에 차고
나가는 돈주머니는 속에 차거라.

들어오는 돈은 생각할 것도 없이 바로 주머니에 넣고,
나가는 돈은 꼭 써야 하는지 생각할 여유를 갖게
꺼내기 어려운 곳에 차거라.
한 주머니에서 들어오고 나가는 것보다는
수입과 지출을 분리하는 것이 경제의 첫걸음이란다.

우리 몸에는 손이 닿지 않는 곳이 있다.

애야!
우리 몸에는 손이 닿지 않는 곳이 있단다.
살면서 모든 곳을 다 챙길 수는 없단다.
남의 손을 빌리든지, 도구를 사용하거라.
이 말에는 숨은 뜻이 있단다.
명심하거라.

무거운 걸음걸이도 리듬을 타면
춤이 된다

애야!
하루하루의 걸음걸이가 고되고 힘들 땐 거기에 리듬을 주거라.
무거운 걸음걸이도 리듬을 타면 춤이 된단다.

우리 조상들은 논밭에서 힘들게 일을 하며
고되고 힘든 발걸음에 리듬을 주어
농요를 부르며 살아왔단다.
힘이 들 때는 노래를 부르고
삶이 무거울 때는 걸음걸이에 리듬을 주어
춤으로 승화시킨 민족이 바로 우리의 조상이란다.

사람은 그릇이다

애야!
사람은 그릇과 같단다.
자기 그릇에 무엇을 담고 있냐에 따라 향기가 다르고
가치가 다르단다.
어떤 사람은 큰 그릇에 탐욕만 가득 담고 있는 사람이
있는가 하면, 어떤 사람은 비록 옹기그릇이지만
보석과 같은 사랑과 덕을 가득 담고 있는 사람도 있단다.

애야!
처음에 그릇에 무엇을 담기 시작했느냐가 중요하단다.
쓰레기를 담던 그릇에 꿀을 담는 사람은 없을 것이다.
또한, 꿀을 담기 시작한 그릇에
쓰레기를 담는 사람은 없을 것이다.
그러니 처음부터 맑고 깨끗한 것을 담기 시작하거라.

다물어라! 다물면 덜 샌다

애야!
입은 감정과 무식함이 새어 나오는 하수구란다.

화나면 다물고
모르면 다물고
나중에 기억을 못 할 것 같으면 입을 다물어라.
다물면 덜 새고 역겨운 냄새가 나지 않는단다.

노력이란 힘만 들이는 것이 아니라
정성을 쌓는 것이다

애야!
이 에미는 노력이란 힘을 쓰는 것이 아니라
정성을 쌓는 것이라고 어려서 배웠다.

정성을 들이지 않고 힘만 쓰는 것은
때로는 미련한 행동일 수 있단다.

모든 일에 정성을 들이거라.

칼도 너무 갈면 무뎌진다

얘야!
칼도 너무 갈면 무뎌진단다.
날은 오래간다고 서는 것이 아니란다.

무슨 일이고 너무 열중하다 보면
본질을 망각하고 과정에 너무 공을 들이는 경우가 있단다.
일의 본질을 망각하지 말고 행동하거라.
무슨 말인지 알아들었느냐?

- 할, 할, 할…

해는 바다에서도 뜨고 산에서도 뜬다

애야!
대부분 사람은 자기가 보고 경험한 것이
전부인 줄 알고 말하거나 믿는단다.
바닷가 사람은 바다에서 해가 뜬다고 하고,
산에 사는 사람은 산에서 해가 뜬다고 한다.

그러나 해가 뜨는 것이 아니라, 바닷가 사람은 바다와
함께 해를 찾아가는 것이고, 산에 사는 사람은 산과
함께 찾아가는 것이란다.

네 손으로 네 몸을 풀어주고 다독거리거라

애야!
남의 손을 빌리지 않더라도
네 손으로 네 몸을 치료하고 고칠 수도 있단다.

항상 두 팔 벌려 어깨를 펴고
하루 중 가장 많이 쓴 근육을 풀어주고
쓰지 않는 근육도 사용해 보며
네가 스스로 네 몸을 주무르고, 두드리고
쓰다듬으며 다스리거라.

배가 아픈데 병원에 가지 말고
배만 쓰다듬고 있으라는 뜻은 아니다.
알아들었느냐?

성공적인 삶이 자신을 위한 것이라면
위대한 삶은 남을 위한 것이다

아들아! 아들아! 사랑하는 아들아!
내 개인적인 욕심은 우리 아들이
성공적인 삶을 살기를 원하지만
위대한 삶을 산다면
그것은 아마 이 에미가
내면의 세계에서 더 바라는 것일 게다.

위대함이란 결코 큰 것만을 뜻하지는 않는단다.
남들이 넘어지면 다칠까 봐 길에 박힌 돌부리
하나를 캐내더라도
그 행위는 위대함의 시작이란다.

불균형을 방치하면 병이 되고
모든 붕괴의 원인이 된다

애야!
하루를 마무리하고 잠자리에 들면
잠들기 전에 오늘 하루를 수평 저울에 달아보거라!
도덕과 윤리, 양심, 건강이라는 저울추에
오늘 하루를 매달아 보거라!

만약, 오늘 하루가 균형을 잃고 한쪽으로 기울어졌다면
내일은 그 불균형을 방치하지 말고 균형을 잡도록
노력하거라!
불균형을 방치하면 병이 되고 모든 붕괴의 원인이 된단다.

- 어머니!
그러면 어떤 것이 불균형인가요?

정도를 지나친 것, 도를 넘는 행위, 거짓말,
너무 힘든 노동 등이 불균형이지.

사람과 산은 멀리서 봐야
그 크기를 알 수 있다

아들아! 사랑하는 아들아!
사람과 산은 멀리서 봐야 한다는 말이 있다.

항상 가까이 지내는 사람도
가끔은 멀리서 봐야 할 때가 있단다.

어머니!
그러면, 어떻게 봐야 멀리서 보는 건가요?

눈을 감고 그 사람이 한 말과 행동을
양심에 눈으로 바라보는 것이 멀리서 보는 것이란다.

무는 개는 짖지 않는다

애야!
사납게 짖는 개는 물지 않지만
사람을 무는 개는 짖지 않는단다.

말 없는 사람을 조심하거라!
무슨 뜻인지 알아들었느냐!

생각 없이 던진 말에
상처 입은 사람이 더 많다

애야!
우리 속담에
'들은 귀는 천 년이요, 말한 입은 사흘이다.'라는
속담이 있다.
상처 입은 말은 두고두고 남지만
사람은 사흘이면 잊어버린다는 뜻이다.

항상 상대방에게 상처 주는 말은 해서는 안 된다.
알아들었느냐!

사색^{思索}하지 않으면
씹지 않고 음식물을 삼키는 것과 같다

애야!
아무리 많은 지식을 머릿속에 넣는다고 해도
사색하지 않으면
씹지 않고 음식물을 삼키는 것과 같단다.

음식을 잘 소화시키려면
꼭꼭 씹어 먹어야 하듯
좋은 지식을 머릿속에 담으려면
사색하거라!

항상 생각하고
생각하며 되새김질하거라!

입에서 나오는 말은
둥글게 다듬어서 내보내거라

얘야!
혀는 끝이 뾰족하단다.
입에서 말이 나올 때
둥글게 다듬어서 내보내지 않으면
상대방의 마음을 찌른단다.

항상 말을 할 때는
뾰족한 혀끝을 생각하며 말을 하거라!

행복이라는 요리는 한 번 만들어 놓고 오래 두고 먹을 수 없다

애야!
행복이라는 요리는
그날그날 만들어 먹어야지
한 번 만들어 놓고 오래 두고 먹을 수 없단다.

아름다운 경치를 보려면
아름다운 곳으로 가야 한다

아들아! 내 사랑하는 아들아!
세상에 좋은 것은
그것이 스스로 나를 찾아오는 경우가 있지만
대부분 내가 찾아가야 하는 것이란다.

감나무 밑에서 감을 맛보려면
감나무에 올라가 감을 따야지.
떨어질 때까지 기다린다는 것은
어리석은 짓이란다.

입은 가끔 닫고 살아야 하지만
가슴은 항상 열고 살아야 한다

아들아!
입은 가능한 한 닫고 살아야 하지만
가슴은 항상 열고 살아라!
가슴이 열리면
하늘이 열리고
따뜻한 바람이 분단다.

먹고 즐기기만 하라고
신神이 너를 만들지는 않았다

애야!
신이 먹고 즐기기만 하라고
너를 만들지는 않았단다.
신이 너를 만든 이유는
네가 스스로 찾아야 한단다.

- 어머니!
그렇게 어려운 것을 제가 스스로
어떻게 찾습니까?

그래, 나도 아직 확신 있는 답은 못 찾았단다.
아마, 못 찾고 죽을지도 모른다.
그러나 흘러가는 구름을 보니
나도 어딘가에 비가 되어 뿌려질 것 같구나.
그것이 답이다.

성공이란 하고자 하는 꿈을 이루는 것이지 돈을 버는 것이 아니다

아들아!
성공이란 자신이 하고자 하는 꿈을 이루는 것이지
돈을 많이 버는 것만은 아니란다.

이 에미는 아들이 궁핍해서는 안 되겠지만
돈을 어디에 잘 쓰겠다는 목적 없이
많이만 버는 것을 원치는 않는다.

이 에미의 성공은
네가 가치 있는 삶을 영위하는 사람이 되는 것이다.
그것이 나의 성공이란다.

헌 집 고치는 것보다
새집 짓는 것이 나을 때가 있다

애야!
세상에는 고쳐 쓸 수 있는 것이 있고
고쳐 쓰지 못하는 것이 있다.
잘 따져보고 고칠 건가, 새로 지을 건가 결정하거라.

그것이 남자가 내려야 하는 판단이다.
알아들었느냐?

취미생활은 주업主業처럼 하고
주업은 취미생활처럼 해서는 안 된다

애야!
여러 가지 취미를 가지고 있다는 것은
세상사는 동안 여러 친구를 가지고 있는 것과 같단다.

취미생활은 삶을 윤택하게 하고
주업으로 하는 일을 더욱 열심히 하게 하는
원동력이 된단다.

단, 한 가지 주의할 것은
주업은 미루고 취미생활에만 빠지면
주업도 잃고 취미생활도 잃어버리는 길로 들어서게 된단다.

주업도 열심히 하면서 여력이 있으면
취미생활도 즐기거라!

헝클어진 실타래를
풀어만 쓰는 것이 답은 아니다

애야!
헝클어진 실타래를 풀어쓰려고만 하지 마라!
안 풀리면 가끔은 잘라내고 다시 시작하는 것도 지혜란다.

실타래를 비유해 인간관계를 이야기한 것이다.
알아들었느냐?

기름때는 기름으로 닦고
물때는 물로 닦는다

아들아!
세상을 살다 보면 때가 낀단다.
기름으로 생긴 기름때는 기름으로 닦고
물 때문에 생긴 물때는 물로 닦아야 잘 지워진단다.
꼭 명심하거라!
삶의 지혜로 아주 깊은 뜻이 숨어 있단다.

거친 숫돌은
날카로운 날을 세울 수 없다

얘야!
무딘 날을 가는 데는 처음에 거친 숫돌이 필요하지만
날카로운 날은 고운 숫돌만이 세울 수 있단다.

부드럽고 고운 것이 날카로운 날을 세우듯이
매사에 부드러움이 중요한 일을 한단다.
명심하거라!

진정 무서운 것은 부드러움이란다.

마음이 흔들리는 것이 문제란다

애야!
몸이고 마음이고 적당히 흔들린다는 것은
살아있는 징표이고, 꿈을 향해 전진하는 과정이란다.
그러나 미풍이 아닌 광풍의 바람에 흔들릴 정도로
술을 마셔서는 안 된다.

남자가 지나치게 술을 마시면
마음은 몸보다 두 배 더 흔들린단다.

너무 날카로운 지적은
안 것만 못할 때가 있다

아들아! 아들아!
남의 잘못을 어쩔 수 없이 지적해야 할 때는
너무 날카롭고 직선적인 지적은 하지 말거라.
상대방에게 오히려 더 큰 반감을 만들게 된단다.

사람들은 너나 할 것 없이
너무 날카로운 화살은 맞기를 싫어한단다.

누군가를 위로할 때는
많은 말을 하지 말거라

아들아, 사랑하는 아들아!
괴롭고 슬퍼하는 사람을 위로한답시고
혼자서 많은 말을 하지 말거라.

아프고 슬픈 사람을 말로써 위로하기는 어렵다.
그냥 상대방이 하는 말에 동조하고
같이 하여 주는 것이 그를 위하는 더 좋은 방법이란다.

같이 해주는 것, 하는 말에 동조해 주는 것이
최고의 위로란다.

남자는 아버지가 되어야만
아버지를 이해하고 그리워한단다

아들아, 내 사랑하는 아들아!
남자는 아버지가 되어서야만
아버지를 그리워하고 이해한단다.
나중에 후회하기보다는 그리워지기 전에
한 번 더 생각하거라!

네 아버지가 있어, 네가 있는 것이니
네 아버지를 너희는 원망하지 말거라!

이웃을 잘 만난다는 것은
복 중에 큰 복이다

아들아!
이웃사촌은 하늘이 점지하시고
좋은 이웃은 본인이 만드는 것이란다.

한동네에 살면서
좋은 이웃과 산다는 것은
복 중에 큰 복이란다.

잘못 만난 이웃은
울타리 구멍으로 쥐새끼만 드나들지만
잘 만난 이웃 간에는
떡 접시가 오고 간단다.

네가 먼저 마음을 열고
이웃에게 믿음과 사랑을 쏟아야 한단다.

귀는 길어야 하꼬
혀는 짧아야 한다

애야!
'귀는 길어야 하고 혀는 짧아야 한다.'는
속담이 있다.

남의 말은 큰 귀로 들어야 하고
내 말은 가능한 한 짧게 하든지
자제해야 한다는 뜻이란다.

우리 가슴 반쯤은
돌부처가 되어야 한단다

어머니!
오늘 장에 갔다가 여러 사람을 보았어요.
앞을 못 보는 사람
두 팔이 없는 사람
두 다리가 없는 사람

그런데 어머니!
저는 오늘 앞을 못 보는 아주머니의 미소를 보았어요.
언젠가 어머니를 따라 절에 갔을 때
돌부처의 미소 같은 그런 미소였어요.

어떻게 앞을 못 보고 살면서
저런 미소를 지을까 하고
아직까지도 마음이 찡해요.

애야!

우리는 작은 땅뙈기를 일구며 살지만
사지가 멀쩡하다는 이유 하나만으로
얼마나 감사해야 할 일이 많은지 알겠지?
그냥 감사, 감사, 감사일뿐이란다.

앞 못 보는 아주머니의 미소를 이해하기 위해
내일은 단 하루만 눈을 감고 살아보고
모레는 두 팔을 묶고 살아보고
글피는 두 다리를 묶고 지내보거라.
그리고 이 에미와 다시 이야기를 하자꾸나.

장애를 가지고 이 세상을 살려면
가슴의 절반은 돌부처가 되어야만
살 수 있는 것이란다.

귀신도 늙은 귀신이 낫다

애야!
기왕에 굿을 구경하려거든
계면떡 나올 때까지 하라는 말이 있고,
귀신한테 빌려면
늙은 귀신한테 빌라는 말이 있단다.

늙은 귀신은
정이 있어도 더 있고
경험이 있어도 더 있단다.

살아가면서 길을 물을 때
늙은이를 잘 이용하거라!

에미 그늘은 집 안에 머물지만
아비 그늘은 천 리를 간다

얘야!
너는 가끔 아버지를 못 마땅해하는 모습이 보이던데
그래서는 안 된다.
아비가 아무리 못났어도
너는 그 아비의 자식이란다.

이 에미의 그늘은 울타리 안에 머물지만
아비 그늘은 천 리를 간단다.
아버지를 존경하거라!

남자는 주먹을 가지고 있지만
여자는 긴 혀를 가지고 있다

아들아!
남자는 불끈 쥐는 주먹을 가지고 있지만
여자는 긴 혀를 가지고 있다는 말이 있단다.
주먹은 혀를 이기지 못한단다.
여자의 긴 혀와 싸우지 말거라.

남자는 여자의 몸에서 나와
여자와 같이 살아야만 한단다.
여자와 살면서 여자의 긴 혀를 잊지 말거라!

- 어머니!
그런데 어머니는 혀가 없이 귀만 큰 것 같은데요?

예끼!
나는 긴 혀가 없는 것이 아니라
안으로 감고 살 뿐이다.

상대가 너무 강하게 줄을 당기면 줄을 놓거라

얘야!
세상만사 모두가 줄다리기란다.
당기고 버티고 하면서 사는 것이란다.

상대방이 너무 강하게 줄을 당기면
버티려 하지 말고 줄을 놓거라.

그러면 다시 시작할 명분이 생기지만
줄을 잡고 끌려가면
명분도 기회도 없어진단다.

남자는 태양이 다스리고
여자는 달이 다스린다

아들아!
남자는 낮에 행동을 잘해야 하고
여자는 밤에 행동을 잘해야 한단다.

남자는 태양이 주관하고
여자는 달이 주관하고 있기 때문이다.

작은 것도 아끼되
작은 것에 얽매이지 말거라

애야!
작은 것도 아끼되
작은 것에 얽매여 시간을 낭비해서는 안 된단다.

콩 한 톨도 아껴야 하지만
밭에 떨어진 콩알 한 주먹을 주우려고
하루를 낭비해서는 안 된다는 뜻이다.
알아들었느냐?

누구나 부자가 될 수 있지만
아무나 부자가 되는 것은 아니다

애야!
누구나 부자가 될 수 있지만
아무나 부자가 되는 것은 아니란다.

모래밭에 물이 고이지 않고
구멍 뚫린 그릇에 물을 담을 수 없단다.

이 정도 이야기했으면
내 말의 뜻을 이해하겠느냐?
또한, 부자를 욕하지도 경멸하지도 말고
가난한 사람을 멸시해서도 안 된다.

옷은 낮에 고르고
신발은 저녁때 사라

애야!
예부터 '옷감은 낮에 고르고 나막신은 저녁때
사지 않으면 한 번 더 나가야 한다.'는 말이 있단다.

밤에 고른 옷감의 색깔은
낮에 보면 다르게 보일 수 있고, 아침에 산 신발은
하루종일 걷거나 일을 하고 나면 발이 부어 저녁때면
작게 느껴지기 때문에 생긴 말이란다.

이 말은
'물건을 살 때도 아무 때나 사면 낭패를 볼 수 있다.'
는 말이란다. 특히, 신발을 살 때는 발에 편한 신발이
최고란다. 신발은 하루의 시작과 마감이란다.
예쁘기만 하고 불편한 신발은 하루종일 곤욕이다.
불편한 신발을 신고 하루를 지내기보다는
맨발로 하루를 지내는 것이 훨씬 좋단다.

- 예, 어머니!

새 옷을 살 때는
항상 집에 있는 옷을 생각하거라

애야!
이 에미가 사다 주는 옷 말고, 네가 새 옷을 살 때는
항상 집에 있는 옷을 생각하거라.

집에 있는 옷에서
어떻게 조화를 시켜 받쳐 입을까를 생각하면
몇 안 되는 옷을 가지고도 경제적으로 예쁘게
옷을 입을 수 있단다.
옷이 많다고 예쁘게 입는 것은 아니란다.

마시다 남은 술에는
천사도 우정도 이미 떠나고
미친개가 들어앉아 있다

애야!
사람들과 어울려 술을 마시다 보면
술이 모자라서 더 주문한 경우가 있고
적당히 마셨는데도 술이 남아 있으면
굳이 다 마시자고 권하는 사람이 있기 마련이다.
이때 꼭 남은 술이 화근이 된단다.

2차, 3차를 가게 되는 출발 신호탄이거나
잘 마신 술까지 토해내게 만든단다.
정말 술을 마실 줄 아는 사람은 술을 아낄 줄 알고
적당히 취했을 때 남은 술에 미련을 두지 않는단다.

다시 말하지만, 마시다 남은 술에 미련을 두지 말거라.
마시다 남은 술에는 천사도 우정도 이미 떠나고 미친개가
들어앉아 있단다.

음식은 장사 잘되는 집에 가서 먹고
옷은 손님 없는 집에 가서 사거라

애야!
음식을 사 먹을 때는 사람이 북적대는
장사 잘되는 집에 가서 먹거라.
그러면 대부분 먹고 나올 때 불쾌하지는 않단다.

옷을 살 때는 손님이 없는 한적한 집에서 사거라.
그러면 흥정도 할 수 있고 꼼꼼히 살피며 살 수 있는
여유가 생긴단다.

매는 회초리로만 맞는 것이 아니다

애야!
매는 회초리로만 맞는 것이 아니란다.
입으로, 눈으로 더 아픈 매를 맞는단다.

이 에미는 네 동생에게는 회초리를 들었지만
너에게는 거의 회초리를 들은 기억이 없단다.

너에게는 입으로, 눈으로 더 아픈 매를 때리고 있단다.
너는 회초리로 다듬어야 할 놈이 아니고
입으로, 눈으로 다스려야 할 가시나무임을 알고 있단다.

마소는 주인이 항상 같이하며 뒤에서
채찍을 들어야 하지만
훈련된 사냥개는
스스로 길을 찾아가기 때문이란다.

제4부

빗자루 -청년 1

기다릴 줄 아는 것은 능력이다

애야!
기다릴 줄 아는 것은 능력이고
참을 줄 아는 것은 재능이라는 말이 있다.

능력과 재능은 오랜 기다림과 노력에서
우러나오는 탓이란다.

된장, 간장을 먹을 때마다
기다림의 의미를 새기거라.
알아들었느냐!

사람을 넘어뜨리는 것은
태산泰山이 아니라 작은 돌부리다

애야!
사람이 걸려 넘어지는 것은
태산泰山이 아니라 작은 돌부리라는 말이 있다.
태산을 넘지 못한 사람은 있어도
태산에 걸려 넘어진 사람은 없단다.

우리는 항상 작은 것에 걸려 넘어지니
작은 것에 더 조심하거라!

벌은 처음 쏘는 침이 마지막 침이란다

얘야!
너도 비장의 무기를 가지고 있다고 생각하느냐?
만약에 비장의 무기를 가지고 있다면
그 무기는 절대로 사용해서는 안 된다.

비장의 무기는 쓰는 순간
자신도 끝났다고 생각하거라.

벌에게 있어서 처음 쏘는 침이 마지막 침이란다.

여자가 얼굴에 분을 바르듯
남자도 얼굴에 발라야 할 것이 있다

애야!
속 좁은 여자야 얼굴에 분칠만 하고도 하루를 버티지만
남자는 속까지 파고드는 화장품을 바르지 않으면
하루를 버티기도 쉽지 않단다.

전장에 나가는 군인이 총칼로 완전무장을 하고 나가도
전사를 하는데 대충 챙겨 남을 가르치겠다고
돈을 벌겠다고, 무엇이 되겠다고 나간 사람들이
무엇을 가르치고 무엇을 챙겨 집에 들어오겠니?

남자가 문밖을 나설 때는 가슴에 정직과 신뢰를 담고
얼굴에는 친절과 웃음을 두껍게 바르고, 손에는 정의와
자신을 들고, 탐욕과 과욕은 뒷간에 버리고 나서야 한다.
알겠느냐?

- 예, 어머니.

신^神은 네가 어디로 가는 것까지
관여하지 않는다

애야!
신은 네가 어디로 가는 것까지
관여하지 않는단다.

네가 어디로 가고 가지 말아야 하는 것을
말해 주는 것은 한동안 에미의 소관이란다.
그래서 나는 너에게 잔소리를 하는 것이고
너는 이 에미의 잔소리를 듣기 싫어도 들어야만 한단다.

용서하는 시간보다
용서를 비는 시간이 길어야 한다

애야!
사랑하는 아들아!
우리는 용서하는 데 소모하는 시간보다는
용서를 비는데 더 많은 시간을 써야 한단다.
우리가 용서할 것이 뭐 그리 많겠느냐?
용서를 빌어야 할 것이 더 많지.

아들아, 내 사랑하는 아들아!
이 에미는 가끔 아들에게 용서를 구하는 시간을 갖는단다.

소 등에 못 실은 짐
벼룩 등에 실으려 하지 마라

애야!
소 등에다가도 못 실은 짐을
벼룩 등에다가 실으려고 하지 마라!

세상에는 노력해서 가능한 일이 있고
노력해도 할 수 없는 일이 있음을
빨리 깨달아야 한단다.
알아들었느냐?

- 예, 어머니!

상처란 현재의 아픔이며
흉터란 과거의 훈장이다

아들아!
그동안 살아오면서
상처받은 적이 많겠지?
흉터도 많이 남아 있겠지?

흉터란 지난날의 훈장이니
미래를 찾아가는 나침반으로 활용해야 한다.

상처는 진행형이고
흉터는 과거형이다

이놈아!
상처는 빨리 치료하는 것이 상책이고
흉터는 역사 교과서처럼 가끔 쳐다보면 된다.

상처는 현재 진행형이고
흉터는 상처가 아문 과거일 뿐이다.

왜 허구한 날 흉터를 긁으며 덧나게 만드느냐?
아물지 않은 상처가 있다면
개똥을 바르든지
소똥을 바르든지 해야지
왜
술로써 가슴을 후벼 파느냐?

잘못했으면 방향을 바꾸면 된다

아들아, 사랑하는 아들아!
울지마라!

아가야! 아가야! 울지마라!
내 사랑하는 아가야!

잘못했으면 방향을 바꾸면 된다.

앞에 무거운 짐이 실렸으면 뒷바퀴를 돌려서 방향을 바꾸고
뒤에 무거운 짐이 실렸으면 앞바퀴를 돌려서 방향을
바꾸거라!

개가 크게 짖을 때는
한 번쯤 내다보거라

애야!
개가 두려움을 느낄수록 크게 짖는단다.
개 짖는 소리가 크면, 무언가가 다가오고 있는 것이란다.
물론 잘못 본 개 한 마리가 짖으면 온 동네 개가
다 따라서 짖지만 한 번쯤은 내다보거라!

애야!
지금 내가 한 말은 개를 비유해서 세상을 얘기한 것이다.
알아들었느냐?

재치는 여유 있는 자의
지성의 표출이다

애야!
재치와 웃음은 여유 있는 자에게서 나오는 지성의 표출이다.
아무리 급박한 상황에서도 자연스럽게
재치가 나올 수 있도록 훈련을 하거라.

재치란 고정관념의 틀에서 벗어나면
자연스럽게 나오는 것이란다.
예를 들면, 딱딱하고 격양된 분위기 속에서 선생님께
동료들과 벌을 받고 있다고 하자. 그때 방귀가 나오면
다른 사람이 들을 수 있게 크게 방귀 소리를 내거라.
그 방귀 한 방이 분위기를 바꾸며 서로의 가슴을 여는
웃음으로 변할 것이다.

항상 농담해서는 안 되지만, 소금이 들어가지 않은
음식이 밋밋하듯 농담이 없는 대화는 맛이 없단다.
적당히 소금을 치거라.

여자는 수평선이고
남자는 지평선이어야 한다

애야!
여자는 수평선이고 남자는 지평선이란다.

여자는 바람이 불면 파도를 치며 높이를 달리해도 괜찮지만
남자는 바람이 불어도 높이에 기복이 있어서는 안 된다.
항상 같은 높이로 변함없이 아침을 맞이해야 한다.
알아들었느냐?

- 어머니!
그러면 여자는 물이고
남자는 땅이라는 뜻인가요?

땅에도 물이 있고
물에도 땅이 있다.
정답은 살아가며 터득하거라!

한 번 묻어버린 것은
다시 파내지 마라

아들아, 사랑하는 아들아!
세상을 살면서 남자나 여자나 가끔은
땅속에 묻어야 할 것이 있단다.

땅속에 묻든, 가슴 속에 묻든지
한 번 묻어 버린 것은 다시 파내지 말거라.

무언가를 묻었다는 것은 죽은 것이 아니겠느냐?
죽은 자식 불알 만지면 만질수록 슬픔만 커지듯
묻어버린 것을 자꾸 들춰내면 상처가 아물지 않는단다.
무슨 말인지 알아들었느냐?

- 모르겠는데요, 어머니!

많이 배운 낙오자는 많아도
인내한 낙오자는 적다

애들아!
교육의 질과 양이 인생을 성공적인 삶으로
이끌어가는 보증수표는 아니란다.
이 세상에는 많이 배우고 교육받은 낙오자는 많아도
참고 인내한 낙오자는 그리 많지 않단다.

- 어머니!
어머니는 어떻게 그리 많은 세상의 이치를 아세요?

아는 것이 아니고 보고 듣고 생각한 바를 너희들에게
이야기해 줄 뿐이다.
너희들이 호롱불 앞에서 공부할 때
이 에미는 헌 옷을 깁고 있지만
사실은 내 마음을 땀땀이 꿰매고 있는 것이란다.

말을 많이 한다는 것은 상대방 앞에서 자꾸 옷을 벗는 것과 같다

애야!
아무한테나 가슴속에 있는 생각을
모두 말로 표현해서는 안 된다.
말을 많이 한다는 것은 양파껍질을 벗기듯 벗길수록
크기가 작아지다가 나중에는 알몸이 되면
더 이상 매력이 없어 호기심이 없어진단다.

말은 입 밖으로 나올 때, 내 가슴 속의 생각을 훔쳐서
가지고 나오기 때문에 말을 많이 하면
네 가슴이 텅 비게 된단다.
말을 한다는 것은, 자기 생각을 이야기한다는 것은
상대방 앞에서 옷을 벗는 것과 같은 것이란다.

아무한테나 때로는 아무 곳에서나
옷을 벗어서는 안 되는 것과 같이
말도 때와 장소, 상대를 가려서 하거라.

– 예, 어머니, 앞으로는 어머니 앞에서도 말을 절제할게요.

아니다. 부모와 자식 간에는 원래가
한 몸이었기에 그 속이 그 속이란다.
아직은 부모가 자식한테 말 못 할 부분이 있지만
어린 자식은 아직 부모한테 말 못 할 부분이
그리 많지 않을 것이다.

꽃이 피지 않는 나무는
열매를 맺지 못한다

애야!
꽃이 피지 않은 나무에서 열매가 맺히는 걸 봤느냐?

삶도 마찬가지란다. 젊어서 열심히 노력하여
자기 꽃을 피운 사람한테만 자기 나름대로
열매를 맺을 수 있는 것이란다.
젊어서 최선을 다해
자기의 아름다운 모습을 나타내도록 하거라.

세발자전거 타는 세월은
오래 주어지지 않는다

얘야!
인생에 있어서 넘어지지 않는 세발자전거를 타는
세월은 길게 주어지지 않는단다.
세발자전거를 타는 세월은 잠시 균형을 잃어도
넘어지지 않고 가다가 서도 쓰러지지 않지만
이제부터는 잠시도 쉬지 말고
페달을 밟아야 쓰러지지 않는단다.

너의 심장이 멈추는 순간까지 모든 사고를 멈추지 말고
순간순간 올바른 판단으로 장애물을 피하며 달려야 한다.
알아들었느냐?

두 손으로 핸들을 꼭 잡고 방향 감각을 잃지 말거라.
어느 정도 가서는 뒤에 너와 함께 달려야 할 사람을
태우고 가야 하는 것도 기억하거라.

- 예, 어머니!

명품값의 절반은
허영심의 대가다

애야!
비싸게 주고 사는 명품의 가격에는 절반이 명품을
선호하는 사람이 누리는 허영심의 대가란다.
물건의 질이나 가격에 비교해서 터무니없이
비싼 명품을 보면 가장 잘 보이는 곳에
그것을 알리는 표시가 달려있단다.

어떤 사람들은 은근히 그것을 남에게 보이려 하며
자랑스럽게 생각한단다.
명품은 대부분 물건의 품질이나 여러 가지 면에서
좋은 것은 사실이란다.
그러나 보통 물건보다 몇 배 몇십 배가 비싼 만큼
좋은 것은 아니란다.

허영심과 과시하려는 사람들의 욕구와 서로 궁합이
맞다 보니 공존하는 것이란다.

비싸게 주고 산 옷이나 물건은 조심스럽게 다루며
막 입지 않다 보니 더 오래가고
좋은 상태를 유지하는 것이란다.
명품은 제조 원가로 값이 정해지는 것이 아니고
명품을 선호하는 사람의 주머니 사정에 따라
값이 정해지는 것이란다.

가끔 값의 절반을 에누리해주고 파는
그들을 보면서도 그것을 선호하는 사람들을 보면
세상 명품은 명품이란다.

생각도 죄가 된다

애야!
비록 행동으로 옮긴 것은 아닐지라도
나쁜 생각을 많이 하면 심성이 나빠진단다.

나쁜 생각을 오래 하다 보면 자신도 모르게
잠재적으로 나쁜 행동을 할 확률이 높아진단다.
가슴속 생각은 얼굴에 나타난단다.

인분을 담았던 그릇은 인분 냄새가 나고
향수를 담았던 그릇은 향기가 나듯
나쁜 생각이 가슴속에 머물다 나가면
얼굴에 행동에서 표가 나게 되어 있단다.
비록 가슴속 생각일지언정 바르고 향기로운 생각만 하거라.

무의식적으로 나쁜 생각이 마음속에 들어오면
빨리 분위기를 바꿔
나쁜 생각이 오래 머물지 않도록 하거라.

- 예, 어머니
그런데 생각도 죄가 되나요?

그럼, 생각도 물론 죄가 되지.
단, 죄가 되고 안 되고는 스스로 판단하는 것이란다.

삶의 터전을 바꾸면
비싼 대가를 지불해야 한다

애야!
돌고래는 포유동물로 먼 조상은 원래 육지에서
생활했단다. 살기 위해 좀 더 손쉽게 먹이를 찾아
물속을 생활 터전을 바꾼 것이란다.
사람이나 동물도 삶의 터전이 바뀌면 비싼 대가를
지불해야 한단다.

동물은 살기 위해 잠을 자야 하지만
돌고래는 살기 위해 평생 잠들 수 없단다.
물속에서 잠들면 숨을 쉴 수 없기에
일생동안 잠들 수 없는 대가를 지불하는 것이란다.

애야! 이 에미가 무슨 말을 하는지 알아들었니?

- 아니요. 무슨 말씀인지 잘 이해가 안 돼요.
이해는 나중에 하고 그냥 적어만 놓을게요.

눈칫밥을 먹을 때

애야!
무엇을 해야 할지 모를 때, 그냥 눈칫밥을 먹지 말고
그럴 때는 빗자루부터 잡거라.
그러면 최소한 밥값은 한단다.
알겠느냐?

예, 어머니

지게 발을 키우거라

애야!
네가 커가는 것만큼 지게 발은 짧아진단다.
네가 자란 키를 줄일 수 없으니, 지게 발은 덧대서 키우거라.

매사 내가 맞춰야 하는 것이 있는가 하면
나에게 맞춰야 하는 것도 있단다.

깊이만 판다고 다 샘이 나는 것은 아니다

애야!
생각 없이 남들이 파니까 따라서 깊이만 판다고
다 샘이 나는 것은 아니다.
주변 상황을 살피고 물이 있을 만한 곳을 파야만 한단다.
무슨 뜻인지 알아들었느냐?

내가 이야기하는 것은 인생의 샘을 이야기하는 것이다.
적성과 능력에 맞는 샘을 파거라. 그래야 물이 나온단다.

널뛰기

애야!
널뛰기를 잘하는 사람을 자세히 살펴보거라.
자기가 높이 오르기 위해 힘차게 뛰어
상대방을 더 높이 오르게 한단다.
상대방을 높이 띄우지 못하면
자신도 높이 오를 수 없음을 그들은 안단다.

애야!
세상만사 네가 높이 오르고 싶으면
상대방을 높이 띄우거라.

돌아갈 줄도 알아야 한다

애야!

살다 보면 똑바로 앞으로만 갈 수는 없단다.

가끔은 장애물을 피해 돌아가야 하는 경우가 많단다.

돌아감이 결코 늦은 것만은 아니란다.

친구와 같이 있을 때는 조언하고
남들 앞에서는 칭찬하거라

애야!
친구와 같이 있을 때는 친구에게 조언해주고
남들 앞에서는 칭찬하거라.
큰 것을 칭찬하지 말고 작은 것을 짧게 칭찬하거라.
큰 것은 너희들이 하지 않아도 이미 다른 사람들이
하고 있으니, 친구에게 도움이 되지 않는단다.

친구가 가지고 있는 것이나
남들이 부러워할 만한 것을 칭찬하지 말고
사람 됨됨이나 그 친구에게
호감이 갈 만한 것이 있다면
구체적으로 짧게 해주는 것이 좋단다.
알아들었느냐?

매력을 지녀라

애야!
매력이 무엇이냐?
– 매력이란 사람의 마음을 끄는 힘을 말하는 것 아닌가요?

그래, 사람의 마음을 잡아끈다는 것은
얼굴에 화장하고 화려한 치장을 해서 관심을 끌 수도
있겠지만, 그것은 결국 화장을 지우고 치장을 벗기면
없어지는 것이란다.

남루한 옷차림에 민낯인데도 마법에 걸린 것처럼
사람의 마음을 당기는 힘을 가진 사람이 있단다.
그런 사람을 보면 샘물이 솟아나듯이
속에서 분출되는 향기가 있단다.

너희들도 각자 가슴속에서 타오르는 향불을 피우거라.
매력의 첫 단계는 진솔함에서부터 시작된단다.
진솔하다 보면 다음 단계는 자신도 모르게
진입하게 된단다.

다 얻은 사람은
아무것도 얻지 못한 사람과 같다

애들아!
마음에 있는 것을 다 얻은 사람은
아무것도 얻지 못한 사람과 다를 바가 없단다.

무언가 채워야 할 부분이 있어야 내일이 소중한 것이란다.
돈으로 모든 욕구를 채우는 사람은 돈이 빠져나갔을
때는 아무것도 할 수 없는 사람이란다.

그들은 모든 것을 돈으로 해결하는 방법만을 익혔기
때문에 돈이 없을 때는 아무런 방법도 모른단다.

애들아!
내일을 위해 오늘 그릇을 다 채우려 욕심부리지 말거라!

부자의 대열에 합류하려면
저축부터 시작하거라

애들아!
부정하거나 정직하지 못한 방법으로
재물을 많이 모은 사람도 있지만 부자가 된 사람의
대다수는 틀림없이 남과 다른 면이 있단다.

그들 나름의 비법이 있겠지만, 공통적인 것이 있다면
절약하고 저축을 한다는 것이다.

애들아!
너희들이 부자의 대열에 합류하고 싶으면
제일 먼저 해야 할 일은 저축이다.
알아들었느냐?

남이 욕을 할 때

애야!
남이 욕을 할 때는 귀를 막거라.
그리고 네가 욕을 하고 싶을 때는 입을 막거라.

단, 친구가 욕을 할 때는 가슴을 열어라.
에미가 욕을 할 때는 한쪽 귀는 열고 한쪽 귀는 막거라.
왜 그래야 하는지는 스스로 경험을 해 보거라.
알겠느냐?

장작불을 피울 때는 쏘시개가 필요하다

애야!
이렇게 잘 타는 장작불도 처음에는 불쏘시개가 필요하단다.
큰일을 하려면, 처음에는 작은 희생이 필요하단다.

굵은 장작에 아무리 성냥불을 들어댄들
쏘시개 없이는 불을 피울 수가 없듯이
네 인생도 작은 것을 희생하여 큰 것을 이루거라.
알아들었느냐?

- 예, 어머니!

좋은 인간관계를 유지하기 위해서

애야!
좋은 인간관계를 유지하기 위해 제일 좋은 방법은
상대방을 조금씩 치켜세워주는 것이다.

기분 나쁘지 않게 한 번에 너무 많이 올리지 말고
조금씩 끊임없이 상대의 장점을 찾아 치켜세우거라.
누구나 찾으면 장점이 있단다.

시간은 남아서 쓰는 것이 아니라 내는 것이다

아들아!
시간이 없다는 이유로, 바쁘다는 이유로
해야 할 도리를 게을리하는 것은 핑계에 불과하단다.

주어진 인생의 시간을 잘 활용한 사람이
자기 삶을 열심히 산 사람이란다.
살아가면서 시간이 없다는 핑계는 대지 말거라.

시간은 내는 것이지,
남는 시간을 쓰는 것이 아니란다.

남자가 소리 내어 울면 태산이 무너지고
여자가 소리 내어 울면 울타리가 무너진다

아들아!
세상을 살아가면서 설움이 복받쳐
소리 내어 우는 경우가 얼마든지 있을 수 있단다.
그러나 남자는 눈물은 흘릴 수 있어도
소리 내어 울어서는 안 된다.

남자가 소리 내어 울면 태산이 무너지고
여자가 소리 내어 울면 울타리가 무너진단다.

미치려면 확실하게 미쳐라

애야!
완전히 미친 개는
사람들이 무서워 피하지만
덜 미친개는
두들겨 맞기만 한단다.

미치려면
사람들이 무서워할 정도로 미치거라.
죽은 개는 아무도 걷어차지 않는단다.

친구를 사귈 때

애야!
네 주변에는 바른말, 옳은 말을 해주는 친구도 있어야
하지만, 너 자신을 이해해줄 수 있는 친구가 많을수록
좋단다.

바른말, 옳은 말을 해주는 친구는 나침반으로 삼고
너를 이해 해주는 친구는 인생길에 같이 가거라.
네 인생이 풍요로워질 것이다.

사랑이란

애들아!
사랑이란, 마음속에 가지고 있을 때는
아름다운 것이고, 남에게 베풀었을 때는
따뜻해지기 시작한단다.

아름답고 따뜻한 사랑을 하려면
가슴속에 가지고 있는 사랑을 베풀고
그 자리에 다시 사랑하는 마음을 채우거라.

모가 나면 정을 맞는다

- 군대에서 받은 편지

아들아!
오늘은 한탄강 건너편에 쌍무지개가 떴다.
우리 아들 웃는 모습 같아서 한참을 쳐다보았단다.

이 에미는 군에 간 아들을 걱정하기보다도
뒷밭 옥수수를 더 걱정하는 것 같아 미안하구나.

아들아!
명령과 절대복종이 생명인 군에서는
모가 나면 정을 맞는단다.

모나지 않게 행동하고
한탄강 강바닥에 자갈처럼
동글동글해져서 군 생활을 마치길 바란다.

제5부
부지깽이 -청년 2

따뜻한 물을 마시며
중용中庸을 생각하거라

애야!
물을 마실 때는 너무 차거나 뜨거운 물을 피하고
따뜻한 물을 마시거라.
너무 차거나 뜨거운 물을 마시는 습관은 몸에도 안 좋을
뿐만 아니라 인생에 있어서 극을 달리는 것과 같단다.

물 한 모금 마시면서도 중용中庸을 생각하거라.

따뜻한 물맛이 중용이란다.

자기 자신에게 편지를 써서
우표를 붙여 보내거라

애야!
너를 가장 잘 아는 사람이 누구라고 생각하느냐?
이 세상에서 너를 가장 잘 아는 사람은
바로 너 자신이란다.

가끔은 너 자신에게 하고 싶은 말을
편지로 써서 보내거라.

너 자신이면서도 또 다른 너로부터 온 편지는
너를 이해하고 너를 사랑하는
또 다른 너란다.

하기 싫은 설거지는
오뉴월에도 손이 시리다

애야!
하기 싫은 설거지는 오뉴월에도 손이 시린 것이란다.

기왕에 할 일이라면
즐거운 마음으로 하거라.
즐거운 마음으로 하면
한겨울 찬물에도 가슴이 따뜻해진단다.

희망도 살아가는 양식이다

아들아! 사랑하는 아들아!
형편이 어려울 땐 희망도 양식이란다.
희망을 양식 삼아 견뎌내면
넉넉할 땐 절약과 저축이 후일의 양식이란다.

희망을 버리지 않고, 절약과 저축을 하면
너의 삶은 궁핍하지도 않고 넘치지도 않을 것이다.

개밥 하나를 주더라도
정성껏 주거라

애야!
하찮은 짐승이지만 먹이를 줄 때는 정성껏 주거라.

한 생명을 유지하도록 주는 먹이를 더럽게 주거나
교만한 마음으로 주는 것을 그들은 먹으면서
다 알고 있단다.

먹고 사는 일에는
미물일지언정 신이 함께하고 있단다.

하늘은 거룩하고
땅은 위대하다

얘야!
하늘은 거룩하단다.
또한, 땅은 위대하단다.

먼 훗날
내 아들이 하늘의 거룩함을 깨닫고
땅의 위대함을 느낄 때
아마 이 에미는 흙이 되어 있을 것이다.

아들아! 내 사랑하는 아들아!
하늘과 땅을 생각하며 살거라!

남자의 가슴속에는
여러 개의 광이 있다

아들아!
사랑하는 아들아!
남자의 가슴속에는 여러 개의 광*이 있단다.
텅 빈 가슴 공간에 차곡차곡 무언가를 채워야 하는
광이 있고 끊임없이 비우고 내다 버려야 하는 광이 있단다.

아들아!
쌓고 버리는 것만 잘해도 남자의 팔자가 달라진단다.
어떤 것을 쌓고, 어떤 것을 버려야 할지는
스스로 판단하거라.

* 광 : 집안에 보관하기 어려운 각종 물품을 넣어두기 위해서 집
바깥에 따로 만들어 두는 집채. 주로 음식 재료나 각종 생활용구,
쓰지 않는 세간 따위를 보관한다.

부족함을 느낄 때가
감사해야 할 시점이다

아들아! 사랑하는 아들아!
매사에 감사하는 마음은
넉넉하거나 건강한 사람들보다
부족하고, 병들고, 못났다고 생각하는 사람들이
더 많이 느끼고 말하게 된단다.

넉넉하고 건강할 때 감사함을 느끼는 사람은
그만한 자격이 있는 사람이란다.

밤에 꾸는 꿈은 개꿈이고
진짜 꿈은 눈 뜨고 꿔야 한다

아들아! 사랑하는 아들아!
네가 밤에 꾸는 꿈은 개꿈이고
진짜 꿈은 눈 뜨고, 일하며, 공부하며, 꿔야 한단다.

네가 미래의 꿈을 꾼다면
그 꿈은 일을 하거나, 공부하면서도
항시 머릿속에 담고 살아야 한다.

양말을 신듯이 꿈을 신고 걸으면
언젠가 그 꿈 근처에 도달해 있을 게다.
이 에미는 오늘도 버선코 끝에
꿈을 담고 호밋자루 들고 자갈밭을 더듬었다.

환부를 드러내 놓지 않고는
상처를 치유할 수 없다

아들아!
환부를 드러내 놓지 않고는 상처를 치유할 수 없단다.
상처를 드러내 놓는 것이 바로 치유의 시작이란다.

창피하다는 이유로, 때로는 자존심 때문에
상처를 감춘다면 상처가 아물지 않는단다.

네 마음의 아픈 상처를 드러내 놓고
같이 고문하고, 같이 쓰다듬으면
의외로 상처는 빨리 낫는단다.

마음을 꼭 닫고 세월에 의존하면
너무 많은 시간이 걸린단다.

하루에 열 번은
하늘을 쳐다보거라

애야!
하루에 몇 번이나 하늘을 쳐다보니?
최소한 아침에 일어나서부터 잠자리에 들기 전까지
열 번은 하늘을 쳐다보거라.
하늘에 감사하는 마음과 하늘에 바라는 마음을 갖고
하늘을 쳐다보면 거기에 길이 있고 답이 있단다.
이 에미가 가는 길은 좁고 험한 길이기에
가끔 하늘을 보고 길을 찾아간단다.

- 글쎄요, 저는 하늘을 보고 길을 못 찾겠는데요?

애야!
하늘을 보는 순간, 길은 이미 네 가슴에 닿아 있단다.

- 글쎄요, 더욱 모르겠는데요?

그럼, 하늘에게 물어보려무나.

부패와 발효

애야!
부패와 발효의 차이점을 아느냐?
- 예, 어머니.

발효는 미생물이 산소가 없는 상태에서 당류^{糖類}를
분해하여 에너지를 얻는 과정이고, 부패는 부패균에
의하여 단백질이나 지방 유기물이 분해되어 악취를
풍기고 유독^{有毒}물질을 발생하는 것으로 알고 있어요.

그래, 나는 전문용어로는 너만큼 정확하게 모른다.
그러나 둘 다 썩는다는 의미는 마찬가지일 것이다.
썩는다는 것은 모든 것을 원점으로 돌려놓는 아주
중요한 일이란다.
그러나 인간 중심적인 관점에서 볼 때, 발효가
부패보다는 인간에게 이롭단다.
모든 것을 잘 생각하거라. 발효를 시킬 것인가,
부패를 시킬 것인가를….

- 예, 어머니.

잡초는 뿌리까지 뽑아라

애야!
김을 맬 때, 잡초는 뿌리째 뽑아내거라.

그렇게 하지 않으면 너는 얼마 안 가서 그 잡초의
더 큰 뿌리까지 뽑느라고 고생을 해야 할 것이다.
알아들었느냐?

내가 말하는 것은 네 마음속에서 자라고 있는 잡초를
이야기하는 것이다.

논두렁 풀은 뽑지 말고 깎아라

애야!
너에게는 아직 어려운 이야기일지 모르지만
잡초가 어디에서 자라냐에 따라
뿌리까지 뽑아야 하는 경우가 있고
윗부분만 깎아야 하는 경우도 있단다.

논두렁 풀을 뿌리째 뽑으면 논두렁이 무너진단다.
비록 잡초지만 논두렁을 지탱하는 것은 잡초란다.
이 또한, 어려운 이야기겠지만, 네 가슴속의 잡초가
어디에서 자라냐에 따라 네가 무너지는 것을 방지하는
역할도 한단다.
알겠느냐?

- 모르겠는데요,

그럼, 마음에 담아두기만 하거라.

너무 많아도 문제
너무 적어도 문제인 것 세 가지

애야!
남자에게 너무 많아도 문제, 너무 적어도 문제인 것,
세 가지를 아느냐?

그것은
돈
시간
친구라고 하더라.

복福은 입으로 나간다

애야!
항상 말조심하거라.
기왕이면 예쁘고 고운 말로 가슴에서 나오는 말을 하거라.
있는 복도 잘못하면 입으로 나간단다.

입에서 바로 나온 말은 차갑고
가슴을 통해 나온 말은 따뜻하단다.
항상 하고 싶은 말은 가슴속에서 따뜻하게 데워
말을 하거라.
그러면 나갔던 복도 다시 들어온단다.

이 말도 내가 어렸을 때, 나의 어머니께 들은 말이란다.
내가 이 말을 전해줬으니 너도 훗날, 너의 자식에게 전하거라.

- 예, 어머니

복福은 겁이 많아서
화내고 찡그린 얼굴 앞에서는 도망간다

애야!
항상 얼굴에 미소를 짓거라.

메마른 땅에 봄비가 촉촉이 스며들 듯
복은 미소 짓는 얼굴만 찾아다니며 스며든단다.
복은 겁이 많아서 화내고 찡그린 얼굴 앞에서는
도망간단다.

분가루를 아무리 두껍게 발라도 미소 짓는 얼굴보다
아름다울 수는 없단다.
미소 짓는 마음에는 악한 것이 없고 나쁜 것은 도망간단다.
알아들었느냐?

- 예, 어머니!

겉을 치장하려면 속부터 치장하거라

애야!
속앓이하고 있으면서 얼굴에 화장한다고
다 가려지는 것은 아니란다.

얼굴이 거칠고 안색이 좋지 않으면
속부터 다스리거라.
속이 편하면 겉은 자연스레 부드러워진단다.

순수하고 고귀한 것은
보이는 그 자체가 진실이다

애야!
금에다 도금하는 사람 봤느냐?
보석에다 색칠하는 사람 봤느냐?
순수하고 고귀한 것은 그 자체가 진실이란다.
가슴속에 진실함과 순수함이 가득 찬 사람은
화장할 필요가 없단다.
진실과 순수함으로 가득 찬 사람은
몸과 마음이 편하고 평화롭단다.
평화로워지고 싶다면 진실하거라.

- 예! 어머니
그런데 어머니의 그런 말씀은 어디서 나오는 것인가요?
어머니 자식이지만 어머니의 깊이를 모르겠어요.

어느 부모나 다 똑같은 생각을 갖고 있단다.
단, 되새기고 내뱉을 뿐이란다.

미련한 사람은 당해봐야만 안다

애야!
현명한 사람은 듣기만 해도 알고
똑똑한 사람은 보기만 해도 알고
미련한 사람은 당해봐야만 안단다.

어려운 일을 당해 보지도 않고
보고 들어서 피해갈 수 있다면
이보다 더 현명한 처신이 어디 있겠니?
마음에 꼭 담아 두거라.

– 예, 어머니.

상처 위에 굳은 딱지는
일부러 떼지 말거라

애야!

상처 위에 진 딱지는 일부러 떼지 말거라.

상처 위에 진 딱지는 네 몸으로 들어가려는 나쁜 균을
지키는 파수병이란다. 네가 일부러 떼지 않아도 떨어질
때가 되면 저절로 떨어진단다.

상처 위에 진 딱지를 상처가 아물지도 않았는데
일부러 떼는 것은 도둑 앞에 대문을 열어놓는 것과 같단다.

- 예, 어머니.

그런데 몸에 난 상처 말고

마음에 난 상처에 진 딱지는 어떻게 해요?

마음에 난 상처의 딱지는 쳐다보지도 말아야지.

알겠느냐?

- 모르겠는데요.

예끼.

뿌리가 한쪽으로 치우치면
비바람에 쓰러진다

애야!
나무뿌리가 한쪽으로 치우치면 비바람에 쓰러지기 쉽단다.
어린나무보다는 크면 클수록 더욱 쓰러지기 쉬워진단다.
사람이 살아가는 뿌리도 한쪽으로 치우치면 세파에
쓰러지기 쉽단다.
골고루 넓고 깊게 뿌리를 내리도록 하거라.

- 예, 어머니.
아직은 제가 깊은 뜻을 이해하지 못하겠는데요.
그냥 적어만 놓을게요.

약한 빛으로 멀리 비추려면
빛을 모아야 한다.

애야!
약한 것은 혼자서는 큰 힘을 발휘할 수 없단다.
항상 약한 것은 모이지 않으면 큰 힘이 될 수 없고,
큰 빛이 될 수 없단다.

손전등에 달린 꼬마전구가
약한 빛이지만 멀리 비출 수 있는 것은
반사경이 빛을 모아주기 때문이란다.

애야!
약할 때는 모여야만 산다.
형제들과 똘똘 뭉쳐 살아가거라.

- 예, 어머니.

내일 해가 뜨게 해 달라고
기도할 필요는 없다

애야!
평범한 진리를 가지고 변함없는 자연의 법칙을 갖고
변화를 기대하는 기도는 할 필요가 없단다.
어리석은 사람은 내일 해가 뜨게 해달라고 기도하고,
현명한 사람은 내일 할 일을 잘할 수 있게 해달라고
기도한단다.

비록, 비가 와서 해가 보이지 않을지라도
이미 해는 정해진 시간에 떠 있단다.
다만, 보이지 않을 뿐이지.

농사는 잡초와의 싸움이요
인생은 잡념과의 싸움이다

애야!
농사를 지을 때, 초기에 잡초를 뽑지 못하면, 잡초 속
에 작물이 묻혀 한해 농사를 망치고 만단다.

인생도 마찬가지란다.
젊어서는 올바른 생각이 건강하게 자라야
풍요로운 삶을 이룰 수 있는 것이란다.
농사야, 한해 잘못 지으면
다음 해에 잘 지을 수 있지만
인생은 한번 지나면 끝이란다.

마음속에서 곡식이 되지 못할 잡초가
자라게 놔두어서는 안 된다.
부지런히 호밋자루를 들고 네 마음속에서
잡초를 뽑아내거라.

단점을 없애려 하기보다
장점을 늘려 가거라

애야!
어려서는 단점을 없애려 노력하기보다는
장점을 더욱 키워나가는 것이 중요하단다.
살아가면서 티는 생기게 마련이란다.
생기는 티만 뽑다 보면 장점을 살릴 겨를이 없단다.
어려서는 티를 뽑기보다는 장점을 늘려나가거라.

- 예. 어머니
그런데 얼마 전에
'세 살 적 버릇이 여든까지 간다.'라고
말씀하셨잖아요?
나쁜 버릇이 오래가면 어떻게 해요?
일찌감치 뽑아야 하는 것 아닌가요?

그래, 네 말도 틀리지 않는단다.

그러나 어려서는 아주 잘못된 장점이 아닌 이상,
단점을 없애려 노력하기보다는
장점을 더욱 늘려나가는 데 주력하라는 말이란다.
알겠니?

– 잘 모르겠어요, 어머니!

예끼 놈!

남을 빠지게 할 목적으로
구덩이를 파지 말거라

애야!
남을 빠지게 할 목적으로 구덩이를 파지 말거라.
남을 구덩이에 빠뜨리려면
너도 구덩이에 같이 들어갈 생각을 하고 해야 한다.

남이 나를 해한다고 해서
똑같이 상대방에게 복수해서는 안 된다.
진정한 복수는 용서란다.
용서하는 것보다 더 무서운 복수는 없단다.

약藥은 독毒이고, 독은 약이다

애야!
약이 잘못 쓰이면 독이 되고, 독도 잘만 쓰면 약이 된단다.
약과 독이 한 울타리 안에 있다.
어느 방으로 들어가느냐가 중요한 것이란다.

다른 사람에게 좋은 약이라고
나에게도 무조건 좋은 것은 아니란다.
하찮은 약이라도 신중하게 쓰거라.

밭은 깊이 갈거라

애야!
밭을 갈 때는 깊이 갈거라.
깊이 간만큼 수확량도 늘어나고 잡초도 덜 난단다.
알아들었느냐?

- 예, 어머니.

내가 말하는 뜻은 밭에만 국한된 것은 아니다.
공부해도 그렇고, 일해도 그렇고, 생각해도 그렇고,
모든 것은 깊이 있는 행동과 생각에서 좋은 결과가
나오는 것이란다.

- 예, 어머니.

먼저 화내지 말거라

얘야!
남과 대화를 나눌 때, 먼저 화내지 말거라.

대화하다가 화를 낸다는 것은
상대방에게 무기를 들이대는 것과 같은 행동이란다.
네 마음의 문을 닫고 무기를 들이대면 겁먹기보다는
상대방은 더 큰 무기를 내미는 결과를 초래하게 될 것이다.

대화가 안 될 정도로 화가 치민다면, 상대방으로부터
등을 돌리고 하늘을 향해 소리치거라. 그러면 조금은
이해의 틈이 생길 것이다.

팽이는 돌 때 때려야 한다

아들아!
팽이는 돌 때, 때리는 것이란다.
돌지 않는 팽이는 아무리 때려도 일어나지 않는단다.

아들아!
무슨 일이든 잘 돌아갈 때 박차를 가하거라.
돌아가는 팽이에 채찍질하는 것은 현재가 아니라
미래를 위함이란다.

경쟁하거라

애들아!
살아가면서 누군가와 항상 경쟁하거라.
경쟁하는 속에서 발전한단다.
경쟁자가 없으면 나태해지고, 퇴보하게 마련이란다.

남을 음해하고 쏘개질하라는 것이 아니고
선의의 경쟁으로 진보된 행동을 하라는 뜻이다.
혼자 뛰면 언제나 일등이란다. 그러나 다시 생각하면,
뒤따라오는 사람이 없으니 언제나 꼴등이란다.

마음도 계절을 따라가야 한다

애야!
인간은 자연과 일치되어 계절의 변화에 맞춰 살아야 한다.
그러기 위해서는 마음도 계절의 변화를 따라가야 한단다.

계절은 봄인데, 겨울처럼 생각하거나 행동하면
기氣가 생기지 않는단다.

씨 뿌리는 시기를 놓치지 마라

애야!
농사나 삶이나 다 씨 뿌리는 시기가 있단다.

오늘 해야 할 일을 내일로 미루는 것은
씨 뿌리는 시기를 놓치는 것과 같은 것이란다.
오늘을 잘 잡고 다스린 사람에게 내일도 있는 것이란다.

우리의 삶이란
하루도 거르지 않고 매일 씨를 뿌려야 한다.
또한 한쪽으로는 매일매일 수확을 해야 한단다.

농작물은
주인 발걸음 소리를 듣고 자란다

애들아!
논밭에 심은 곡식은
주인의 발걸음 소리를 듣고 자란단다.

주인이 얼마나 논밭에 자주 오냐에 따라
곡식이 잘 되기도 하고 안 되기도 한단다.

농작물에 예의를 갖출 필요는 없지만
정성을 들여야 한단다.

선물 포장은 정성껏 하면 된다

애야!
선물을 포장할 때
겉 포장지를 너무 치장할 필요는 없단다.
정성껏 내용물을 보호할 수 있을 정도면 좋단다.

살아가면서 행운이라는 선물이
예쁘게 포장되어 오는 경우는 그리 많지 않단다.
가끔은 민낯으로 다가오는 선물이 더 아름답단다.

제6부
싸리 빗자루 -청년 3

진리는 상식이다

애야!
진리란 상식이란다.

상식을 벗어난 진리는 세상에 존재하지 않는단다.
모든 일을 함에 있어 상식을 벗어난 행동을 하지
않으면 크게 잘못됨이 없단다.

항상 상식적인 범위 내에서 일을 처리하거라.

보이는 것은 누구나 믿는다

애야!
보이는 것만 믿는 것은 참다운 믿음이 아니란다.
보이는 것은 누구나 믿을 수 있단다.

설명할 수 없는 것, 눈에 보이지 않는 것을 믿는 것이
더 소중한 믿음이란다.

우매한 사람은 눈에 보이는 것에 집착하고
현명한 사람은 눈을 감고 보이지 않는 곳까지
믿음의 범위를 넓혀 간단다.

막히면 썩는다

얘들아!
모든 것이 막히면 썩는단다.

통하면 살고 막히면 썩음을 잊지 말거라.
햇볕이 잘 들고 바람이 잘 통하는 곳에는
곰팡이가 기생할 수 없단다.
무슨 뜻인지 잘 새겨듣거라.

남을 호칭하는 방법

애야!
남을 부를 때는 항상 네 나이의 관점에서 상대를 보고
호칭하거라.

다섯 살 어린아이가 할머니라고 부르는 오십 대를
이십 대인 네가 바라볼 때는
아주머니라고 부르는 것이 맞단다.

항상 남을 호칭할 때는
네 나이의 관점에서 호칭하거라!

좋은 친구들이 있다는 것은
인생 절반은 성공한 것이다

애야!
세상을 살면서 좋은 친구들이 있다는 것은
인생 절반은 성공한 것이란다.

좋은 생각과 반듯한 행동을 하는 친구들이
주변에 있으면 너 또한, 그 친구들과
같은 물이 들 것이고
그런 친구들이 가는 길은
반듯하고 아름다운 길일 것이다.

발품 팔아 입으로 까먹는다

애야!
아무리 힘들여 일을 잘 도와줬으면 무엇하냐?
말 한마디 잘못해서 다 까먹는 것을….

품은 발로만 파는 것이 아니고
입으로도 판단다.
알아들었느냐?

입놀림 잘하라는 뜻이다.

가까운 사람에게
말 못 할 이야기가 더 많다

애야!
오히려 가까운 사람일수록
말 못 하는 이야기가 더 많단다.
그것은 서로 배려하고 아끼기 때문일 게다.

혹시, 말 한마디 잘못하여
상처받을까 봐 염려하는 마음에서 일 게다.
가까운 사람일수록 말조심하거라!

나이 들어서는 젊었을 때 만든
추억을 먹고 산다

아들아!
나이 들어서는 젊었을 때 만든
추억을 되새기며 산단다.
젊었을 때 아름다운 추억을 많이 만들거라.

세상에서 약으로 치료할 수 없는 상처는
말로 받은 상처다

애야!
남의 가슴에 상처 주는 말은
절대로 해서는 안 된다.

세상의 어떤 약으로도
치료할 수 없는 것이
말로 받은 상처란다.

술은 반만 취해야 좋고
꽃은 반만 피어야 곱다

애야!
사람은 술이 들어가면
혀는 나오게 되어 있단다.

속담에
'숲속 꿩은 개가 내몰고, 가슴속에 말은 술이 내몬다.'
는 말이 있다.

사내놈 가슴에 술 몇 잔 들어갔다고
가슴이 남대문 열리듯 열려서는 안 된다.

술잔은 작아도
사감은 거기에 빠져 죽는단다.
알아들었느냐?

눈이 입보다
말을 더 잘한다

애야!
마음에 없는 말은 입을 통해서는 할 수 있어도
눈을 통해서는 하지 못한단다.

우리 속담에 '눈이 입보다 말을 더 잘한다.'는 말이 있다.
상대방과 말을 할 때, 입으로만 하지 말고
눈으로도 말을 하거라!

또한, 상대방의 눈을 보면
거짓말을 하는지, 참말을 하는지 알 수 있단다.
눈을 보고 마음을 읽는 법을 터득하거라!

모든 산이
이름이 있는 것은 아니란다

아들아, 사랑하는 아들아!
세상에 모든 산이 이름이 있는 것은 아니란다.

큰 산은 백두산, 한라산, 도봉산이라고 부르는 이름이
있지만, 너와 내가 살고 있는 이 마을에 있는 작은 산은
그저 앞산이라고 부르지.

앞산, 뒷산이라고 불린다고 산이 아닌 건 아니란다.
큰 산이 아니라도 우리에겐 소중하듯
세상에는 이름 없는 현자도 많단다.

부지런한 농사꾼에겐
나쁜 땅이란 없다

아들아! 사랑하는 아들아!
이 세상에서 나쁜 땅이란 존재하지 않는단다.
거칠고 척박한 땅도 부지런한 농사꾼을 만나면
옥토로 바뀐단다.
또한, 옥토도 게으른 사람을 만나면
척박한 땅으로 변한단다.

부지런하고 검소한 사람들에게
살기 힘든 세상이란 없단다.

내가 말하는 뜻을 알았으면
나가서 네 할 일을 찾아보거라.

국이 끓어 넘치는 것은
구심점이 없기 때문이란다

애야!
국이 끓을 때 넘치지 않게 하려면
솥에 굵은 돌멩이 하나를 넣고 끓여 보거라!
국이 넘치지 않을 것이다.

이것을 보고 배우거라!
가슴속에 묵직한 줏대 하나만 세우고 있어도
속이 끓어 입으로 넘치지 않을 것이다.

예! 어머니, 어머니, 우리 어머니.

혼자 걸을 때도
반듯하게 걷거라

애야!
누가 보지 않는 오솔길을 혼자 걷더라도
반듯하게 걷거라!

네가 걷고 있는 모습은
하늘이 보고, 땅이 보고, 새가 보고 있단다.

반죽할 때는
항상 물이 부족한 듯 붓고 시작해야 한다

애야!
밀가루 반죽할 때는
항상 마른 가루를 따로 조금 남겨두고
물이 부족한 듯 붓고 시작을 해야 한다.
그래야 반죽을 실패 없이 잘 할 수 있단다.

그런데, 어머니!
남자가 밀가루 반죽하는 것까지 배워야 하나요?

당연히 배워야지.
그리고 밀가루 반죽을 비유해서 하는 말속에는
많은 뜻이 들어 있단다.

아직은 모르리라.
그냥 밀가루 반죽을 기억만 하고 있거라!

똥을 옆에 두고 음식은 먹어도
사람을 옆에 두고 음식을
혼자 먹지는 말거라

애야!
사람이 사람다운 것은 나눠 먹을 줄 알기 때문이란다.

사람은 이상하게도 배가 부르면서도
누군가 옆에서 무엇을 먹으며 같이 먹자고 하지 않으면
서운한 것이 사람이란다.
똥을 옆에 두고 음식은 먹어도
사람을 옆에 두고 음식을 혼자 먹지 말거라!

가려야 할 것이 많을수록
화장^{化粧}을 두껍게 한다

애야!
덮어야 할 것이 많을수록 화장은 두껍게 하는 법이란다.

무언가 가리려 하는 것은 위장이다.
민낯이 아닌 위장된 모습으로 사는 사람이 생각보다
훨씬 많단다.

항상 위장된 모습을 보고 사물을 판단하지 말고
때로는 눈을 감고 민낯을 생각하며 판단하거라.

사물을 정확히 보고 싶으면
반대편에서도 봐야한다

애야!
'서산西山을 보려면 동산東山에 올라야 하고, 동산을 보려면 서산에 올라야 한다.'는 말이 있다.

사물을 정확히 보고 싶으면 반대편에서도 바라봐야 한단다.

- 예, 어머니

거울 보며 혼자 해도 잃는 것이 노름이다

애야!
'거울을 보며 혼자 해도 잃는 것이 노름이다.'라는 말이 있다.
쉽게 요행이나 속임수로 남의 것을 탐내지 말거라.

노름은 돈만 잃은 것이 아니라
성실한 인간성을 잃어버리고
파멸로 가는 지름길이란다.
알아들었느냐?
왜 대답이 없느냐?

미꾸라지는
망치로 잡는 것이 아니다

애야!
일할 때는 그에 걸맞은 적절한 힘과 도구를 사용해야 한다.

파리를 잡을 때는 파리채면 족하고
붕어는 낚싯바늘로 주둥이만 꿰면 된다.

가끔은 소를 바늘로 잡으려는 사람이 있고
미꾸라지를 잡으러 망치를 들고 나서는 사람이 있단다.

낙엽 하나 떨어지는 걸 보고
가을이 왔다고 속단해서는 안 된다

애야!
오뉴월에 낙엽 하나 떨어지는 걸 보고,
가을이 왔다고 속단해서는 안 된다.

산을 봐야지.
숲을 보고 산을 판단해서는 안 된단다.
알아들었느냐?

– 예, 어머니.

인기를 누릴 때는
동백꽃을 보고 배우거라

애야!
사람은 떠난 자리가 아름다워야 한단다.
인기라는 것은, 권력이라는 것은,
내리막길로 접어들면
끈 떨어진 갓을 쓰고 버티는 것과 같단다.

오래 남으려고 기를 쓰면 쓸수록
추한 모습이 나오기 마련이란다.

'박수칠 때 떠나라.'는 말이 있다.
꽃이 시들기 전에 가지에서 떨어지는
동백꽃을 보거라.

언제쯤 인기와 권력과 명예를 접어야 하는지
올봄에는 동백꽃을 보고 오거라!

써야 할 곳에 쓰지 않는 것이
절약이 아니다

애야!
써야 할 곳에 쓰지 않는 것이
절약이 아니란다.

절약이란
필요 없는 곳에
쓰지 않는 것이 절약이란다.

어머니!
쓰고 싶어도 쓸 돈이 없는 것은 무엇인가요?

애야!
그것은 고통이고 슬픔인지 모르지만
절약하지 않아도 되니
자유이고 기쁨이라 생각하거라!

억울할 때는 어떻게 해야 하나요?

- 어머니!
억울할 때는 어떻게 해야 하나요?

돌아서야지.
돌아서서 한 번 더 생각해야지.
그리고 조리 있게 자신의 뜻을 이야기해야지.

- 그래도 막무가내로 내 말을 듣지 않으면요?

생사가 걸린 것이 아니라면
아주, 돌아서야지. 그리고 잊어야지.

사람은 반드시 죽는다는 사실을
일찍 깨달을수록 좋다

얘야!
이제는 너도
사람은 반드시 죽는다는 사실을 깨닫고
계획을 세울 나이가 된 것 같구나.

젊어서부터
사람은 반드시 죽는다는 사실을 받아들이고,
인생의 목표를 세우고 실행해 나간다면
후회 없는 삶을 살 것 같아서 하는 말이다.

이 말은 항시 생각하며 살거라!
알아들었느냐?

농사꾼은 죽어도 종자를 베고 죽는다

애야!
우리 속담에
'농사꾼은 죽어도 종자를 베고 죽는다.'는 말이 있다.

어떠한 경우에라도
꿈이 되고, 희망이 될 수 있는 종자는 없애서는 안 된다.
굶어 죽을지언정,

고목에 접을 붙이는 사람은 없다

애야!
기둥뿌리가 썩어가는 집 지붕에
기와를 얹히는 바보는 없단다.

살아가면서
고목에 접을 붙이는
어리석은 꿈은 꾸지 말거라.

본전^{本錢}에 집착하지 마라

애야!
무언가 될 것 같아서 투자했다가
잘못 투자된 것을 알았을 때는
미련 없이 발을 빼거라.

발목만 적셨을 때, 발을 빼면 양말만 적시지만
허리까지 잠겼다 빼면 아랫도리가 다 젖는단다.

어머니!
전 재산을 다 던졌는데 어떻게 본전 생각을 안 해요?

애야!
그것은 투자한 것이 아니고, 투기를 한 것이니,
목까지 빠져도 싸다.
살아가면서 투자는 하되, 투기는 하지 말거라.

말하는 기술 중에 으뜸은
솔직함이다

애야!
말하는 것도 기술이고 훈련이다.

말도 다듬고 다듬어서 해 본 사람이
더 잘하는 것이란다.
목수가 나무를 다루듯, 대장장이가 쇠를 다루듯,
말도 다듬고 다듬어서
예쁘게 해 본 사람이 더 잘하는 것이란다.

그러나 명심하거라.
아무리 말을 잘해도 솔직함이 부족하면
믿음이 생기지 않는 것이란다.

말하는 기술 중에 으뜸의 솔직함이다.

지식이 늘어나는 것에 비례하여
인성도 늘어나야 한다.

애야!
지식은 사회에 공헌하는 힘이 될 수도 있지만
사회악이 될 수도 있단다.

인간 존엄성이 결여된 사람 머릿속에 아는 것만 많다면
사회에 위험한 악이 될 수도 있다.
다시 말해서 돼먹지 못한 놈이 공부만 잘한다고, 잘난
것은 아니라는 말이다.

사람은 지식이 늘어나는 것에 비례하여
올바른 인성도 늘어나야 한다는 말이다.

너는 인간의 존엄성이 항상
지식보다 위에 자리 잡도록 노력하라는 말이다.
알아들었느냐?

선물을 준 사람과 받은 사람의 차이점

애야!
선물을 준 사람과 받은 사람의 차이점은
준 사람은 잊어버리지 않는데
받은 사람은 받은 사실을 잊어버린다는 데
차이점이 있단다.

작건 크건 무엇을 받았을 때는 꼭 감사의 표시를 하거라.
어찌 되었든, 준 사람은 너를 생각하고 있다는 사실이
중요하단다.

네가 잊고 있을 때, 그 사람이 너를 위해
선물을 준비했다는 사실은 더없이 고마운 것이란다.

- 예, 어머니. 고맙습니다.

남자는 허리띠에서 힘이 나온다

애야!
남자는 허리띠를 꼭 매야 한단다.

허리띠는 바지가 흘러내리지 않게 매는 목적보다도
남자의 자존심을 속으로 적당히 조여 매주는 목적도
있단다.

남자는 허리띠에서 힘이 나온단다.
힘을 항상 몸의 가운데인 허리로 모으거라.
허리의 힘이 강해야 버티고 설 수 있단다.

자찬하지 마라

애야!
남들 앞에서 조금이라도 자기 자신을 자찬하지 말거라.

너를 칭찬하려는 마음을 가지고 있던 사람들조차
자찬하는 소리를 들으면 속으로 역겨워한단다.
왜냐하면, 사람은 동전의 양면처럼 칭찬하려는 마음을 가지고
있으면서도, 한쪽에는 시기와 질투의 씨앗을 가지고 있단다.

애야!
남이 칭찬하면 더 겸손하게 고개 숙이고 낮은 곳으로 숨거라.
물이 낮은 곳으로 흐르듯, 그 칭찬의 물은 너에게로
자연스럽게 흘러들어 온단다.

작은 것에 물리지 말거라

아들아!
작은 것이 더 무섭단다.

대포에 맞은 죽은 사람보다
소총에 맞아 죽은 사람이 많고
호랑이에게 물려 죽은 사람보다
모기에 물려 죽은 사람이 더 많단다.
큰 것보다 작은 것을 조심하거라.

큰 위험은 자주 부딪치는 것이 아니고
작은 위험은 곳곳에 깔려 있단다.

무쇠도 열 받으면 변한다

얘야!
아무리 강한 무쇠도 열 받으면 변한단다.

본래의 강한 성질을 잃어버리고 외부의 충격에 따라
모양을 달리한단다.
어떠한 경우에라도 이성을 잃을 정도로 흥분해서는 안 된다.

맹수가 토끼 한 마리를 끝까지 쫓지 못하는 이유를
우리는 배워야 한다.

선물하는 것은 습관화된 행동이다

애야!
선물의 의미를 제대로 아느냐?

선물이란 남에게 인사나 정을 나타내는 뜻으로 정이
담긴 물건을 주는 것이란다.
돈이나 돈으로 표시된 다른 것은 선물이 아니란다.
거기에는 정을 나타내는 의미보다는 돈을 나타내는
의미가 커서 선물이 될 수 없단다.

선물을 하는 사람이나 받는 사람이
부담을 느낄 정도의 비싼 것은 남에게는
선물의 의미보다는 뇌물에 가까운 것이란다.
또한, 선물을 하는 것은 습관화된 행동이란다.

선물을 하지 않던 사람이 갑자기 선물하는 것은 아니란다.
남에게 선물도 하던 사람이 하지 생전에 하지 않던
사람이 하는 것은 아니란다.

선물도 해 본 사람이 잘하고, 선물에 정을 담을 줄 안단다.
남에게 선물하는 것이 습관화되면 예쁘고 아름답단다.

남이 말을 할 때 중간에 끊지 마라

얘야!
남이 말을 하고 있을 때 중간에 끊지 마라.

물론, 너무 장시간 주제와 맞지 않는 다른 이야기를
한다거나, 중간에 이야기를 멈추게 하여야 할 경우도
있지만, 가능한 상대방이 이야기할 때 끊지 말거라.

상대방이 한참 이야기를 하고 있을 때,
중간에 끊은 것은 '밥 먹고 있는 사람 숟가락을 뺏는
것과 같은 것'이란다.

개혁과 개선

애야!
작물을 심어 수확하고
다른 작물을 심기 위해 농부는 밭을 간단다.

밭을 가는 것이 무엇이냐?
그것은 바로 개혁이란다.
다시 말하면, 작물을 심어 가꾸며 김을 매는 것은
개선이고 밭을 뒤집어엎는 것은 개혁이란다.

개혁을 해야 할 때 개선을 하면 임시방편이고
개선을 해야 할 것을 개혁하면 낭비란다.

살아가면서 김을 맬 것인가?
밭을 갈아엎을 것인가? 잘 판단하거라.

어디로 가고 있는지 모를 때는
가던 길을 멈추거라

아들아!
청년기에는 바쁘게 살아야 하고
정신없이 뛰어야 함은
두말할 필요도 없단다.

그러나 자신이 무엇을 위해
어디로 가는지 모를 때는 가던 길을 멈추거라.

방향을 잃고 노를 젓느니보다는
목표지점을 찾아 다시 시작하는 것이
훨씬 낫기 때문이란다.

제7부

몽둥이-중년 1

귀와 입은 사촌지간이다

아범아!
옛날부터 귀와 입은 사촌지간이라고 말을 해 왔단다.
귀와 입이 왜 사촌 간인지 한번 말해 보거라.

어머니!
소인들은 어떤 말이나 지식이 귀로 들어오면
그것을 바로 입 밖으로 내보냅니다.

군자는 어떤 것이 귀로 들어오면
그것이 가슴으로 전하여 음미하고 다듬습니다.

소인들에게 있어서
귀와 입은 사촌처럼 가깝지만
군자에게 있어서 귀와 입은
사돈에 팔촌 정도로 멀다는 뜻 아닙니까?

사바세계 娑婆世界

아들아!
우리가 살아가는 이 세상은
불교에서는 사바세계娑婆世界라 한단다.
사바세계란 감인계堪忍界를 뜻한단다.
그 뜻은 '참고 견디어야 하는 세상'이란 뜻이란다.

젊은 날의 방황과 번뇌는
시냇물이 바다를 향해 나가면서 만나는
암초와 소용돌이 같은 것이겠지.

지금 너의 현실을 아무리 부정해 봐도 소용없고
가슴속에 말술을 부어 봐도 소용없단다.

바다를 향해 가면서 둑방을 만나면
찰 때까지 기다려 둑을 넘는 방법밖엔 없단다.

어머니!
어머니가 감인계를 말씀하시니까.
저도 한마디 할게요.

남들과 비교하지 말아야 하는데
나는 왜, 나는 왜, 하면서
하루하루가 화택火宅에 들어앉아 있는 것 같아요
언제쯤 이 마음속 불을 끌 수 있는
비가 오려는지 모르겠어요.

아들아!
네가 들어앉아 있는 불타는 집을 위해
비는 오지 않는단다.

네가 스스로 그 집에서 나오거라!

매사를 즐기면서 살면
근심을 잊는다

아범아!
세상을 살면서
근심을 잊는 방법을 터득했느냐?

어머니!
옛날에 공자님이 말씀하셨지요.
즐기면 근심을 잊는다고요.
매사를 즐기는 마음으로 살면
근심이 들어갈 자리가 없겠지요.

어머니!
어머니는 제가 생각하기에
누구보다도 근심 걱정이 많은 삶을 사셨는데
어떻게 잊으면서 사셨어요?

나는 즐길 줄은 모르는 사람이다.

나는 근심 걱정이 생기면 밭에 나가 잡초를 뽑았다.
한겨울에도 눈밭에 나가 마른 풀을 뽑으며 살았다.
그것이 오늘날까지 살아온 방법이다.

사랑에 틈이 생기면

아범아!
부성애나 모성애는 틈이 생겨도
새로운 부(父)나 모(母)가 들어오지 않지만
남녀 간의 사랑이나 우정에 틈이 생기면
자신도 모르는 사이에 새로운 사람이 들어온단다.

틈이 생기면
지체하지 말고 바로 메우거라

남자는 밤마다 성을 허물고
여자는 밤마다 성을 쌓는단다.
그것이 남녀 간의 성 차이라는 말을 들어봤느냐?

아내에게 꽃을 가꾸듯 정성을 다하거라

아범아!
아내에게 정성을 다하거라.
꽃을 가꾸듯, 잡초를 매주고, 물을 주고, 거름을 주며
정성껏 가꿔야 한다.

아름다운 꽃을 피우는 아낙네 뒤에는
항상 그 꽃을 가꾼 남정네가 있단다.

그 꽃은 인생 초반에 개나리처럼 꽃부터 피는가 하면
오뉴월에 장미꽃처럼 필 수도 있고, 국화꽃처럼 인생
의 말년에 피기도 한단다.

아내의 꽃은 눈에는 잘 보이지 않는단다.
네가 마음속에서 찾아야 하는 꽃이란다.

상 위에 올라온 음식이 변변치 않을수록
말을 더 많이 하거라

아범아!
나는 네가 어렸을 때
상 위에 올라온 음식이 변변치 않으면
더 많은 말을 시켰었단다.

모자라는 음식을 말로써라도
배부르게 먹이기 위함이었단다.

나는 밥상머리에서
입을 꼭 다물고 먹으라고 한 번도 이야기하지 않았고
오히려 깔깔거리며 음식을 먹게 했었지.

아이들과 같이 밥을 먹을 때
이야기를 반찬 삼아 없는 말도 만들어가며 먹거라.

하루에 한 번 이상 아이를 칭찬하거라

아범아!
아이를 키울 때는
칭찬을 꾸중보다 많이 해야 한단다.

크게 잘한 것보다는
작은 것을 찾아 짧게 칭찬하거라.
그리고 자만하지 않게 좀 더 잘할 수 있는
방향을 제시해주거라.

칭찬할 때는 그것이 의례적인 가식이 아닌
따뜻한 마음을 담아 하거라.

또한, 칭찬한 다음에는 어떤 대가를 지불하지 말거라.
칭찬 후에 돈을 준다든가, 아니면 먹을 것을 주어서
아이가 어떤 대가를 기대하게 해서는 안 된다.

자식의 식습관은 부모의 책임이다

아범아!
푸줏간 집 자식은 대부분 고기를 좋아하고
떡집 자식은 대부분 떡을 잘 먹는단다.

어려서 무엇을 먹이느냐에 따라
평생 식습관이 굳어지니,
편식하지 않도록 신경 쓰거라.

우리 민족의 힘은 된장과 김치니,
어려서부터 된장과 김치맛이
몸에 배도록 노력하거라.

자식은
부모와 같이 빚어내는 그릇이다

아범아!
자식은 부모가 빚어내는 그릇이란다.
부모가 어떤 그릇을 만들 것이냐에 따라
그 그릇에 담기는 물건이 달라진단다.

무엇을 담든지 중요하지 않을 것은 없지만
그래도 어떤 그릇이냐에 따라 담기는 물건이
달라진단다.

그냥 만들어지는 대로 나중에 물건을 담아보기보다는
어떤 물건을 담을 것인가를 생각하며
그릇을 만들거라.

그릇의 크고 작음은 중요하지 않단다.
작은 그릇은 자주 비우면 되고
큰 그릇은 가끔 비우면 된단다.

기념일을 없애면
매일 기념일이 될 수도 있다

아범아!
내가 농담 한마디 할까?
아범도 결혼한 지 한 30년 됐으니
결혼기념일을 바꾸면 어떻겠니?

일 년에 한 번 돌아오는 기념일로는
식어버린 감정을 되돌리기가 쉽지 않단다.

네가 토요일 날 결혼했으니
매주 토요일을 결혼기념일로 하면
남은 인생 신혼처럼 살 수 있을 것 같구나.

재산은 선행과 덕으로 울타리를 쳐야만
빠져나가지 않는다

아범아!
재산을 지키는 데 있어서, 현금만 가지고 있어서는 안 된다.
또한, 땅만 가지고 있어서도 안 된다.
그렇다고 현금과 땅을 가지고 있다고,
재산을 지킬 수 있는 것은 아니란다.

재산은 선행과 덕으로 울타리를 만들어야
빠져나가지 않는단다.

자식에 대한 울타리는 넓게 쳐라

아범아!
자식을 너무 좁은 울타리 안에 가두지 말거라.

아무리 아범이 울타리를 넓게 쳤다고 생각해도
자식의 입장으로 바라보면 그 울타리가 좁단다.
어린 자식들은 매사를 간섭같이 생각하고, 보호라는
생각은 조금도 하지 않는단다.

자식이 한 살 한 살 먹을 때마다 울타리를 배로 늘려
나가거라. 그렇다고 울타리 없이 키우라는 뜻은 아니다.
울타리 없이 자란 아이는 망아지밖에는 될 수 없단다.

어느 날, 아범이 울타리 밖으로 나간 자식을 발견했을 때,
거꾸로 아범이 그 울타리 안에 갇혀 있음을 느낄 것이다.
인간은 동물과 다르게 자식과 부모는 울타리 주인이
바뀐단다.
지금, 나는 언제부턴가 아범의 울타리 안에서 살고 있단다.

다시 말하지만, 자식에 대한 울타리는 넓게 치거라.
단, 그들로부터 눈을 떼서는 안 된다.

- 예. 어머니.
그런데요. 저는 어머니 보호의 울타리는
될지는 모르지만, 아직도 정신세계의 울타리는
어머니 속에 있어요.
어머니는 나의 사상의 울타리예요.

아니다. 나로부터 떠나가라. 더 넓은 세계는 네 앞에
있는 것이 아니고, 네 등 뒤의 다른 세상에 있단다.

**하룻길을 가다 보면
소도 보고 개도 본다**

아범아!
옛날에는 행길에 개와 소가 사람과 같이 다녔단다.
지금도 도로에는 개와 소와 망아지가 같이 다닌단다.

하룻길을 가다 보면
미친개도 보고 망아지도 만나기 마련이란다.
절대로 운전하면서 화내지 말고
개와 망아지가 같이 다니는 길이거니 하거라.

사내 못난 이는 집 안에서 큰소리치고
양반 못난 이는 장에 가서 큰소리친다

아범아!
사내 못난 이, 집 안에서 큰소리치고
양반 못난 이, 장에 가서 큰소리친다는 말이 있다.

사내의 목소리는 울타리를 넘지 말아야 하고
아이들 웃음소리는 우물가까지 들려야 한단다.

큰소리를 쳐야 할 일이 있으면
헛기침을 하거라.

낮잠을 조금 잘 수 있으면 자거라

아범아!
오후에 낮잠을 잘 수 있으면 조금 자거라.

잠시 쉬었다. 다시 출발하는 것은 하루에 두 번의 아
침처럼 상쾌한 기분과 건강을 얻을 수 있단다.
그러나 잠깐 자는 것은 보약이 될 수 있지만
너무 길게 자는 것은 아니 한 만 못하단다.

김치와 된장은
우리 민족의 수호신이다

아범아!
애가 젖을 떼고 밥을 먹기 시작할 때는 김치와 된장
맛부터 보여주거라.

애의 속을 건강하게 지켜주려면 어려서부터 된장과
김치에 익숙하게 만들어 주는 것이 중요하단다.
김치와 된장국은 우리 민족의 강인한 체력을 지켜준
수호신과 같은 것이란다. 아마 이 세상에 존재하는
좋은 음식 중 하나일 것이다.

된장은 태양이 준 선물이고, 김치는 땅이 준 선물이다.

아이를 꾸짖을 때

아범아!
아이를 꾸짖을 때 아이가 말대꾸하거나 이유를 달면,
바로 꾸짖음을 중단하고 아이의 말을 들어 보거라.

아범이 모르는 이유가 있을 수 있단다.
아이가 하는 말을 잘 듣고 시간적인 여유를 가지고
거짓말인가. 사실인가를 확인한 다음에 다시 아이를
불러 잘잘못을 이야기해 주거라.

이런 경우에 흐지부지하게 그냥 넘어가면 안 된다.
잘못하면 아이가 악용할 수 있단다.

아범도 어렸을 때, 가끔은 말대꾸를 하거나
변명한 적이 있단다. 그때마다 이 에미는 분명하게
진의를 파악하곤 했단다.

음식 맛이 변하면 아내를 살피거라

아범아!
아내를 마음 아프게 하지 말거라.

남자는 상처받은 일들을 모래 위에 새기지만
여자는 돌에 새겨 장독간에 쌓는단다.
남자는 비가 오면 지난 것이 지워지지만
여자는 세월이 갈수록 쌓이는 법이란다.

조석 간에 들락대는 장독간에 너무 많은 아픔이
쌓이면 제일 먼저 변하는 것이 음식 맛이란다.

음식 맛이 변하면 아내를 살피거라.

아내는 친정에 갈 때
보따리 두 개를 가지고 간다

아범아!
결혼한 여자가 친정에 갈 때는 보따리 두 개를 가지고
간단다. 하나는, 친정 부모님께 드릴 선물 보따리요,
또 하나는 시집에서 받은 상처의 보따리란다.
하나는 가자마자 풀지만, 보따리 하나는 차마
풀지 못하고 도로 들고 오는 보따리란다.
친정에 갈 때는 가슴속에 담고 갔지만
올 때는 버선 속에 담고 오려니
발걸음이 무거울 수밖에 없는 것이란다.

– 어머니! 어머니도 친정에 가실 때, 보따리 두 개를
싸서 갖고 가신 적이 있으신가요?

나야, 처음부터 싸갈 친정이 없었지만
보따리는 수백 개를 쌓았단다.
지금은 네 아내가 내 보따리를 가져갔단다.

이해는 야단보다 한 수 위고
칭찬은 이해보다 오래간다

아범아!
자식이 잘못했을 때, 그냥 넘어가지는 말거라.

잘못은 지적해 주되, 가능한 이해를 하거라.
그리고 잘못한 일 중에서도 칭찬거리를 찾아보거라.
아이가 잘못했을 때, 이해를 하는 것은
야단을 치는 것보다 한 수 위고, 그중에서도 무언가
칭찬을 해준다면, 아이의 마음속에 오래간단다.

- 예, 어머니. 어머니는 저에게 지금 말씀하시는
것처럼, 제가 어렸을 때, 똑같이 하셨겠네요?

아니다. 아범은 굳이 그렇게 우회적인 방법으로
야단을 칠 필요가 없었지.

곡간에 쥐새끼 한 마리 드나든다고
너무 신경 쓰지 말거라

아범아!
사업을 하거나 큰일을 하면서
곡간에 쥐새끼 한 마리 드나든다고
너무 신경 쓰지 말거라.

그냥 쥐새끼 한 마리 드나드는 것이라고
알고만 있으면 된다.

화목한 가정일수록 건강하다

아범아!
비록 가난할지라도 가정이 화목하면 가족의 구성원이
건강하단다.

화목한 가정을 만들면 건강은 화목 옆에 붙어 다닌단다.
물론 가끔은 따로 놀지만 대개 같이 붙어 다닌단다.

아이들은 부모를 보고 따라 하며
배워 나간단다

아범아!
아이들은 부모를 보고 따라 하며 배워 나간단다.

아이들의 습관이 굳어진 다음에 책상에 앉아
공부하라고 말하지 말고 아이들이 어려서부터 보고
따라 하게 아이들 앞에서 책상에 앉아 책 읽는 모습을
보여주거라.

예로부터 우리 민족만큼
책 읽기를 즐겨한 민족도 드물단다. 우리의 조상들은
항상 침구 옆에 책상이 놓여 있었단다. 물론 지금처럼
의자에 앉아 사용하는 책상이 아니라 정좌하고 앉아
사용하는 책상 말이다.

아범도 어려서 책상이 없어 상을 펴놓고 공부했지만,
아범이 어렸을 때, 이 에미는 나를 보고 따라 하라고

밥상이지만 항상 그 위에 책을 올려놓고 비록 그 위에서 콩깍지를 다듬은 적도 있지만, 아범에게 보여주었단다. 그것은 독창적인 나의 행동이 아니었고 나도 내 어머니, 내 아버지로부터 보고 배운 것이었단다.

아범아!
우리 조상이 그리해 왔듯이 자식에게 책 읽는 모습을 보여주는 것은 자식에게 재산을 물려주는 것보다도 가치 있는 일이란다.

자식 앞에서 책 읽을 시간에 돈을 벌어 자식에게 주기보다는 자식 앞에서 책을 읽는 모습을 보여주는 것이 진정 자식에게 물려주는 값진 유산이란다.
- 예, 어머니. 저도 어머니를 생각하면 항상 옻칠이 벗겨진 밥상 위에 책을 펴놓고 몸을 좌우로 흔들던 어머니 모습이 지금도 생생해요.

그래, 내가 아범 앞에서 그리했듯이
아범도 자식 앞에서 그리하시게나.

소를 타고 소를 사냥하러 나간다

아범아!
불교 격언 중에 신神을 찾는 것은
소를 타고 소를 사냥하러 나서는 것과 같다는 말이 있다.

우리는 어리석게도
신神과 함께 있으면서
신神을 찾아 나서는 우를 범하고 있단다.

신神은 멀리 있지 않고
항상 우리와 함께 있단다.

참외 서리하는 애들은
참새 쫓듯 쫓아 버리거라

아범아!
애들이 참외 서리를 하거나, 수박 서리를 할 때
쫓아가 잡지 말고 들판에 곡식을 쪼아 먹는 참새를
쫓듯이 쫓아 버리거라.

애들을 잡아 손찌검하거나 욕을 하는 것은 바보가 하
는 짓이고 애들 부모 앞에 끌고 가는 것은 어리석은
소인배의 짓이란다.

아무리 배가 고파도 까치밥까지 생각하는 것이 우리
민족의 정서란다.

생각하기에 따라
머슴도 되고 선장도 된다

아범아!
내가 너희들 어려서 밥하고 빨래할 때 식모라고 생각
하며 산 적은 한 번도 없단다. 또한, 농사일 할 때도
머슴이라고 생각하며 일한 적도 없단다.
우리 민족의 어머니는 누구나 다 같은 생각이겠지만,
남편과 자식 그리고 가족을 위해 힘들지만
즐거운 마음으로 일했단다.
아범도 처자식을 위해 일만 하는 머슴으로
혹시나 생각한다면 평생 우울해진단다.

가장은 생각하기에 따라 머슴도 되고 선장도 된단다.
기왕이면 내 아들이 선장이 되기를 이 에미는 바란다.

- 예, 어머니.

산에 들어갔다가 나올 때는
신발을 털고 나오거라

아범아!
산에 들어갔다가 나올 때는 신발에 들어간 흙을
다 털어서 산에 돌려주고 나오거라.

우리 조상들은 산에서 거의 다 내려와서는 짚신을
벗어 틈에 낀 흙까지 훌훌 털어버리고 산에서 나왔단다.
무슨 뜻인지 알겠니?
돌아갈 때는 아무것도 필요 없단다.
훌훌 털어 세상에 돌려주고 마음을 가볍게 하거라.
원래 내 것은 아무것도 없단다.
네가 그토록 추구하던 모든 것은
원래 산이 품고 있어야 할 것들이란다.

- 알겠습니다. 어머니.

여자는 가슴으로 다스리면
시리도록 오래 간다

아범아!
여자는 힘으로 다스리는 것이 아니란다.
또한, 혀끝으로 다스리면 편안함은 오래가지 못하고
돈으로 다스리면 여자가 교활해진단다.
여자는 가슴으로 다스리면 시리도록 오래 간단다.

아내를 때리지 말거라

아범아!
내 아들이 그럴 리는 없겠지만
어떠한 경우도 아내를 때리지 말거라.
계집질한 놈이 집에 들어와 아내를 두들기고
투전판에서 털린 놈이 집에 들어와 자식을 때린다는
말이 있단다.

아내는 네 몸의 일부다.
네 몸을 네가 스스로 때린다면
결국, 이 에미를 때리는 것과 같은 것이란다.

회초리를 들 때

아범아!
자식을 낳아 기르다 보면
꾸짖거나 회초리를 들어야 할 경우가 생긴단다.
그때마다 내 말을 명심하거라.
그리고 아범 자신도 반성해 보거라.
나는 아범이 어렸을 때,
아범을 꾸짖거나 회초리를 든 다음에는
장독대로 가서 항아리를 닦으며 나를 뒤돌아봤단다.

아범아! 내가 말하는 것을 기억하거라.

* 맨손으로 아이를 때리지 말 것.
* 어른들 앞에서 아이를 꾸짖거나 때리지 말 것.
* 손님이 있을 때 아이를 꾸짖거나 때리지 말 것.
* 아이의 친구 앞에서 꾸짖거나 때리지 말 것.
* 밖에서 아이를 때리거나 꾸짖지 말 것.
* 발가벗겨놓고 꾸짖거나 때리지 말 것.

* 아이가 공포심을 느낄 정도로 혼내거나 때리지 말 것.
* 회초리를 들 경우, 몇 대를 맞아야 한다는 것을
미리 정해 놓고 회초리를 들 것.
* 회초리를 든 다음에는 맞은 자리를 쓰다듬어 줄 것.

- 알겠습니다. 어머니.
어머니께서 저에게 해오셨듯이 저도 자식에게 그렇게
하겠습니다.

아버지는 아이에게 매질해서는 안 된다

아범아!
아버지는 자식에게 특별한 경우를 제외하고
매질해서는 안 된다.
아버지는 울타리고 엄마는 양치기가 되어 아이들을
키우면 되는 것이란다.
아버지는 말뚝처럼 아이들이 넘나들지 못하도록
지키면 되고 엄마는 회초리로 몰면서 협력하여
아이들을 키우거라.

아범아!
네 아버지는 너희들이 어려서 말뚝 역할도
안 하신 분이라 내가 어려웠단다.
그분은 동서남북 산봉우리가 말뚝이라 말씀하신 분이란다.

아이를 꾸짖기 전에 할 일

아범아!
아이를 꾸짖을 때 즉흥적으로 생각나는 대로
막 꾸짖어서는 안 된다. 아이를 꾸짖으려면 조목조목
잘못된 점이나 생각을 정리해서 차근차근 이야기하거라.
그리고 꾸짖기 전에 좋은 점을 칭찬하고 시작하거라.
칭찬이 들어간 꾸짖음은 간을 맞춘 음식처럼
맛깔스럽단다. 그러나 꾸짖기만 하면 아이가 느끼기에
짜거나 맵거나 쓰기만 하단다.

- 예, 어머니.
그렇게 하겠습니다.

부모 자식에게 불행한 일

아범아!
아범도 자식을 둔 부모의 입장에서 생각하면
부모에게 있어 불행한 일 중에 하나는
어리석은 자식을 둔 것이란다.
똑똑하지 못한 것과 어리석은 것은 다르단다.
혼동하지 말거라. 또한, 자식에게 있어서 불행한 일은
탐욕스럽기만 한 부모를 둔 것이란다.

아범은 항상 이 두 가지 입장에서 잘 생각하거라.

가장^{家長}은 그릇이다.

아범아!
한 가정을 이끌어 나가는 가장^{家長}은 그릇이란다.
한 가정의 구성원이라 해서 모두가 하나로 합성된
단일체는 아니란다.
서로 다른 성격과 개성으로 합성될 수 없는 사람들이
한데 모여 사는 것이 가정이란다.
이들을 한 그릇에 담아 잘 배합하는 것이 가장의 임무란다.

아범이 해야 할 일은 한 그릇에 담으면서도
서로의 개성과 인격을 살린 가정이라는 배합물을
담는 그릇 역할을 잘하는 것이란다.
그릇이 깨지면 샐 것이고, 그릇이 작으면 넘칠 것이다.
내 말을 명심하거라!

- 예, 어머니.

여자의 느낌은 촉수보다 예민하다

아범아!
여자의 느낌은 어떤 동물의 촉수보다 예민하단다.
특히 배우자에 대한 촉수는 더욱 예민하단다.
여자가 촉수를 곤두세우는 일은 하지 말거라.
무슨 뜻인지 이해했으리라 믿는다.

딸은 아버지가 가르치고
아들은 어머니가 가르친다

아범아!
아범도 자식을 낳아 기르고 있으니 한마디 하겠다.
예부터 우리 조상들은
딸은 아버지가 남자가 보는 관점에서 가르치고
아들은 어머니가 여자가 보는 관점에서 가르쳤단다.
아들은 아버지를 보고 따라 하며, 딸은 어머니를 보고
닮아가니 특별히 가르치지 않아도
그 아비에 그 자식이고, 그 에미의 그 딸이 되어가고
있기에 특별히 가르칠 때만이라도 이와 같이했단다.

아들은 에미에게 맡겨 섬세하고 부드러움을 배우게 하고,
딸은 아버지가 강건함을 채워 주어야 한단다.
그렇지 않으면 자식은 여우 아니면 곰이 된단다.

안방에 들어가면 시어머니 말이 옳고
건넌방에 들어가면 며느리 말이 옳다

아범아!
'안방에 들어가면 시어머니 말이 옳고 부엌에 들어가면
며느리 말이 옳다.'는 속담이 있다.

이 말을 들으면 이 말이 옳고
저 말을 들으면 저 말이 옳다고 느낄 때는
두 말을 다 들어주거나 아니면, 두 말을 다 무시하거라.
그러나 다 무시하기보다는
다 들어주는 것이 둘을 위해 더 좋은 처신이다.

가끔 장마당에 가거라

아범아!
인생은 깊은 산 속에서
가부좌를 틀고 앉아 배우는 것이 아니고
개, 돼지, 소, 온갖 잡것들이 다 모여 질펀대는
장마당에서 배우거라.
거기에 가면 선생도 있고
도사도 있고, 도둑놈도 있고….
인생의 고수들이 바글바글하단다.

남자는 평생 잔소리를 들으며 살아야 한다

아범아!
남자는 평생 잔소리 들으며 살아야 한단다.
조물주가 남자는 그렇게 만들었단다.
어려서는 어머니의 잔소리 들으며 살다.
장가들어서는 마누라의 잔소리 들으며 술 마시고,
늙어서는 자식 잔소리 들으며 몸을 씻는단다.
그것이 남자의 인생이란다.

부모와 자식은 한 몸이다.

아범아!
'자식이 부모를 잘못 만나는 것보다는 부모가 자식을
잘못 만나는 편이 자식에게 훨씬 낫다.'는 말이 있다.
자식이 부모를 잘못 만나면 평생 고생이고,
부모가 자식을 잘못 만나면 반평생 고생이기 때문에
하는 말들 같구나.
그러나 부모와 자식 간의 만남은 잘못된 만남은 없단다.
왜냐하면, 부모 자식은 한 몸이기 때문이란다.

직업은 하나, 취미는 여러 개일수록 좋다

아범아!
평생 한 가지 일을 직업으로 갖는다면,
세월이 흐른 후에는 틀림없이 그 분야에
장인이 될 것이다.
그러나 철 따라 나이 따라 직업이 바뀐다면
결코 장인이 될 수 없단다.
한 가지 일을 오랫동안 한다는 것은 좋은 것이며,
취미는 여러 개 가지고 있을 때 외롭지 않단다.

빗자루 들었는데 마당 쓸라 하면
하기 싫은 게 사람이다

아범아!
남에게 일을 시킬 때는 잘 판단해서 말을 하거라.
옛말에 '빗자루 들었는데 마당 쓸라고 하면 하기 싫은
게 사람이라는 말'이 있다.
남에게 일을 시킬 때는 봐가며 해야 한단다.

아내는 시각장애인이어야 하고
남편은 청각장애인이어야 한다

아범아!
부부가 평범하게 잘 살아가려면 아내는 남편이 하는
일을 보고 가끔은 못 본 체해야 하고, 남편은 아내의
잔소리를 듣고도 가끔은 못 들은 척하며 살아야 한단다.
사사건건 관여하고 참여하는 것은
파경의 지름길일 뿐이란다.

– 어머니!
어머니는 허구한 날 술에 취해 흔들리시는 아버지를
방관하신 건가요? 아니면 포기하신 건가요?

방관도 포기도 아니고
나의 운명으로 받아들였을 뿐이란다.
너희들이 있었기 때문에….

제8부

몽둥이 -중년 2

물 한 모금이라도 얻어먹은 놈이
안 먹은 놈보다 낫다

아범아!
세상에 인맥이라는 것이 별거 아니다.
사업을 하면서
뇌물을 주고받으라는 것이 아니고,
썩은 새끼줄이라도 하나 걸쳐놓고 살면
언젠가 서로에게 도움이 된단다.

살아보니 결국은
물 한 모금이라도 얻어먹은 놈이
안 먹은 놈보다 낫더라.

사소한 거짓말이 강이 되고 바다가 되어 아내의 가슴속에 흐르고 있단다

아범아!
아내를 속이면 부모를 속이는 것이고,
그것이 불효의 시작이란다.
믿음을 잃은 남편은 아내에게 있어서
썩은 기둥뿌리란다.
아내가 뭘 믿고 그 집에서 편히 잠들 수 있겠느냐?

여자에 있어서 불을 내는 아궁이와 잘못 만난 남편은
평생 불구의 고통이란다.

- 어머니! 압니다.
아직도 불신의 흙탕물이 떠내려간 흔적이
아내의 가슴속에 남아 있는 것을요.
남은 세월이라도 잘살아 보려고 노력하고 있습니다.

세월은 물 따라 흐르고
돈은 길 따라 흐른다

아범아!
부동산 투기를 하라는 뜻은 아니다.
기왕에 투자하려면
돈이 지나가는 길목에 투자하거라.

지나온 세월을 뒤돌아보면
세월은 강물 따라 흐르고,
돈은 길 따라 흐르는 것을 보았기 때문에 하는 말이다.

어머니!
공인중개사 자격증 빌려드릴 게 복덕방 한번 해 보시지요?

어느 한쪽으로 치우친 거래 관계는
오래가지 못한다

아범아!

사업상 상호거래 관계에 있어서, 너무 한쪽으로 이득이 편중되면 그 거래 관계는 오래 지속되지 못한단다.

아범이 이득을 보는 쪽이라 하더라도 그 거래 관계는 불안한 관계의 지속일 뿐이란다.

사업상의 거래 관계는 막대 저울에 달았을 때, 수평을 이루면 좋고 그렇지 못하다면, 오르락내리락하는 것이 좋단다.

마당 위의 눈은 큰 덩어리가 굴러가면 거기에 붙어 큰 눈덩이에 흡수되게 마련이란다. 이 에미가 경제를 따로 배운 적은 없지만, 세상 돌아가는 이치가 바로 경제 아니겠니? 큰 눈덩이가 굴러갈 때는 피하거라.

잘 들었습니다. 어머니.

신발 장수가 손님을 위해
무릎을 꿇지 않으면 성공할 수 없다

아범아!

빳빳하게 서서 신발 장사한 사람치고 부자 된 사람 못 봤다. 머리가 허연 사람이 무릎을 꿇고 젊은 아낙의 신발을 신기며 예쁘다고 하는데 감동하지 않을 사람이 어디 있겠니?

무엇을 팔든지, 무엇을 만들든지, 항상 고객을 위해 몸을 낮추거라. 그러면 성공할 것이다.

자식에게 바라지 마라

아범아!
자식에게 바라지 말거라.
자식에게 무언가 바라는 것은
지나가는 마른 구름에 비를 기대하는 것과 같단다.
아무리 대지가 타들어 가더라도 마른 구름은 아직 습기를
머금고 있지 않단다. 마른 구름에 비를 기대하면
오히려 서운함만 커진단다.
바라지 않으면, 서운함도 없고 오히려 평화로워진단다.

술이 익어야 술병에 담겨 잔을 채우는 것이지
익지도 않은 술을 기다리면 잠만 오지 않는 법이란다.
술은 묵을수록 깊은 맛이 생긴단다.
덜 익은 술을 기대하지 말고 낮은 베개 높이 베고
잠이나 자거라.

- 어머니! 저한테 섭섭한 것 있으세요?

아니다. 아범한테 섭섭한 것이 아니고 네 아버지한테 섭섭함이 아직도 눈시울을 적시는구나.

단기^{檀紀}를 기억하거라

아범아!
올해가 단기 몇 년이냐?
– 모르겠는데요.

그래, 모르는 게 당연하겠지.
단기란 단군기년^{檀君記年}으로 우리 한반도의 기년이란다.
단군이 단군조선을 세운 것이 기원전 2333년이란다.
서기에다 2333을 더하면 우리의 단기란다.

대한민국 정부가 수립되고 한때는 단기를 연호로
쓰다가 군사정권이 들어서고 단기 사용을 폐지했단다.
지금, 전 세계의 많은 나라가 서기를 쓰고 있고
국제적인 관계에 있어서 그럴 수밖에 없지만, 그렇지
않은 나라들도 있단다. 대외적으로는 서기를 쓰면서
자기 나라 나름대로 연호를 쓰는 나라를 보면 대단한
문화의 자긍심과 줏대 있는 문화가 살아있단다.

아범. 얼마 전에 일본을 다녀오지 않았느냐!
거기서 일본 동전을 보았느냐?
그 사람들은 지금도 소화^{昭和} 몇 년이라고 쓰고 있을 게다.

스스로 내다 버리고 역사의 왜곡이니 진실이니 하지
말고 우리 스스로 지켜나가자꾸나.

- 예. 어머니.
제가 기필코 한국은행 수위에게 부탁해서
다음 동전에는 단기를 기록하겠습니다.

그래, 효자야.
내가 저승 가는 노잣돈은 꼭 단기로 기록된 것을 쥐여
주려무나. 이 시골 아낙이 단기 하나만으로도 찾아
놓고 가면, 내 할 일은 다 한 것 같구나.

비가 오기 전에 징조가 나타난다

아범아!
비가 갑자기 오는 경우는 없단다.
큰비가 오려면 여러 가지 징조가 미리 나타난단다.
어떤 큰일이 일어나기 전에 항상 징조가 나타난단다.
다만, 미리 알아차리지 못했을 뿐이지.

어떤 사람이 사업을 하다 갑자기 망하게 되는 경우는
드물단다. 거기에는 이미 징조가 나타나기 시작했을
것이고, 다만 알아차리지 못했을 뿐이란다. 사업하며
육감에 의존하거나 겉모습만 보지 말고 이성적인
사리 판단으로 상대방의 징조를 미리 알아차리거라.

- 어머니! 그런데 타인이 준 어음이 부도나서 피해를
보고 연쇄적으로 망하는 경우가 있지 않나요?

아니다. 현금을 못 주고 어음을 주는 거래처는
우선 한 자락 접고 거래를 유지해야 하며

받은 어음이 부도가 나서 사업에 치명적인 손해를 볼
정도의 어음에 매달려 있다면, 이미 같은 수렁으로
향하는 대열에 합류한 것이란다.

인종차별보다 더 큰 차별은 없다

아범아!
지금 공장에서 외국인 근로자를 고용하고 있다는
소리를 들었다. 그들과 잘 지내고 있느냐?

예. 어머니.
그래, 아범도 오래전에 중동지방에서 근로자로
가 있을 때를 생각해서 외국인 근로자와 잘 지내거라.
몇몇 나라를 보면 겉으로는 친절과 평등을 표방하고
인권을 존중한다면서 보이지 않는 인종차별과 멸시를
하는 것을 보면 그들을 다시 한번 생각하게 된단다.

이 세상에서 인종차별보다 더 큰 차별은 없단다.
피부색이 다르다고, 민족이 다르다고 차별하는 것은,
혈액형이 다르다고 차별하는 것과 무엇이 다르겠느냐?
조금만 깊이 생각하면, 이 세상 모든 사람이 같은
콩깍지 속의 콩이란다.

외국 여행을 갈 때

아범아!
이번에는 어느 나라로 여행을 가니?
지금도 외국 여행을 갈 때 김치, 고추장을 싸서 가지고 가니?

참다운 여행이란
내 안에 있는 모든 것을 버리고 가는 것이 중요하단다.
새로 접하는 나라나 그 민족의 오랜 역사와
문화 속으로 깊숙이 들어가 보는 것이 여행의 진정한
묘미란다. 손으로 밥을 먹으면 손으로 먹고, 굼벵이를
구워 먹으면 같이 구워 먹어보고, 맨발로 다니면 같이
맨발로 다녀보는 것이 외국 여행의 묘미란다.

그들의 오랜 역사와 문화 속으로 들어가 보지 못한
여행은 산만 보고 왔지, 숲은 보지 못한 것과 같단다.

얻은 것이 많은 사람은
잃은 것도 많단다

아범아!
얻은 것이 많은 사람은 잃은 것도 많은 법이란다.
얻기만 하고 잃은 사람은 아무도 없단다.
얻은 것이 많은 사람은 잃은 것이
얻은 것에 가려져 잘 보이지 않을 뿐이지,
양적인 면에서는 많을지 모르지만, 질적인 면에서는
차이가 없단다.

얻은 것이 많은 사람은
잃은 것을 위해 얻은 것을 풀어야 하고
잃은 것이 많은 사람은 보이지 않게 얻은 것을
교훈으로 삼아야 한다.
그래서 잃는 것은 얻는 것이요.
얻는 것은 잃는 것이라 말했는지 모르겠다.
이 에미도 아직 깊은 뜻을 모르며 아범에게 전달자의
역할밖에 못 하고 있단다.

민족이 융성하려면
말과 글을 다듬어라

아범아!
비록 말과 글을 전공한 학자가 아니더라도
우리의 말과 글에 대해 신경을 써가며 사용하거라.
말과 글이란 그것을 쓰는 민중이 오랜 세월 잘못 쓰면
그렇게 굳어지고 마는 것이란다.

자식들과 대화에서, 다른 사람과 대화에서 가능한 한
예쁘고 아름다운 우리말을 사용하거라. 어쭙잖게 필요
이상으로 외래어를 섞어가며 하는 말은 내 재산을
스스로 퍼다 버리는 것과 같은 일이란다.
민족이 융성하려면 말과 글이 바로 서야 한단다.

우매한 사람은 술 자체를 마신다

아범아!
나는 아범에게 어려서부터 술에 관한 이야기를 많이
했다. 그것은 사내대장부에게 있어서 술이 중요한
역할을 하기에 그리 한 것이다.
술은 너무 많이 마셔도 문제고, 전혀 마실 줄 몰라도
폭넓은 대인관계에 조금은 지장을 초래할 수 있다는
것을 이 에미는 잘 알고 있단다.

술이란 사업을 하는 아범에게 하나의 분위기를
만들어 주는 역할에 불과한 것이지,
그 술자리 자체가 술을 위한 것이 아님을 명심하거라.
우매한 사람은 술 자체를 마시고, 현명한 사람은 술과
함께 즐길 뿐이란다.
술을 윤활유 삼아 사업, 우정, 사랑을 즐기거라.

- 예, 어머니.

그런데, 어머니는 술을 드시지 않으면서 어떻게 술에
대한 것을 그리 많이 터득하셨어요?

아범아!
아범도 알다시피 술에 빠져 사는 네 아버지와
팔십 평생을 살며 제일 많이 생각한 것 중의 하나가
술이란다.
그 술 때문에 네 아버지가 담당해야 할 부분까지
내가 책임지며 살아오다 보니, 나는 여성이면서 남성
화된 할망구로 변했구나.
나도 삶이 몇 시간 안 남았다 생각이 들 때 술 한잔
마시련다.
취하는 것이 무엇인지 한 번쯤은 경험해보고 싶구나.

부모가 죽으면 뒷동산에 묻는다

아범아!
이 에미나 아버지가 죽으면 뒷동산에 묻거라.
천수를 누리고 죽은 부모는 가슴에 묻을 필요가 없단다.
옛말에 '부모가 죽으면 뒷동산에 묻고, 남편이나 아내가
죽으면 땅속에 묻고, 자식이 죽으면 눈(目)에 묻는다.'
는 말이 있다.
먼저 온 사람이 먼저 가는 것은 지극히 당연한 것이란다.

성공한 사람을 모방하는 시간보다
실패한 사람을 연구하는 시간을 더 써라

아범아!

사업을 하면서 성공한 사람을 모방하려 하기보다는, 실패한 사람을 더 유심히 관찰하거라.

성공한 사람의 성공사례를 따라가기는 어려워도, 실패한 사람의 잘못을 찾아내어 나의 교훈으로 삼기는 쉽단다.

실패한 사람이 가지고 있던 잘못이 나에게 없나 살펴보고, 바로바로 고쳐 나가거라. 그러면 그것이 성공한 사람이 가던 길이란다.

세상을 잘난 사람한테 배우기보다는, 못난 사람한테서 역으로 배울 점이 많단다.

돈에 돈이 불어오는 업은 하지 마라

아범아!
시대에 뒤떨어진 생각이겠지만, 돈에 돈이 붙어오는
업은 하지 말거라.
돈에 돈이 붙어오는 업은 개인이 아닌 공익기관이나
단체에서 할 일이지. 개인이 할 사업이 아니란다.

돈을 던져 돈에 붙어오는 돈에는 힘든 사람의 피눈물도
함께 묻어 나온단다.
피눈물이 묻은 돈은 아무리 많아도 돈이 아니고 고통
받은 자의 피눈물일 뿐이란다.
그래서 돈을 많이 번 사람이 사는 방법은
돈 때문에 고통받는 사람에게 자선을 베풀어서
돈 때문에 흘린 눈물을 닦아줘야 하는 것이란다.

과욕이 없으면 사기를 피할 수 있다

아범아!
사기 사건들을 자세히 살펴보면, 물론 다 그런 것은
아니지만 대부분 당한 사람들의 과욕이 그 원인이란다.

뱀이 백반 냄새를 피하듯이 과욕이 없는 사람에게는
사기꾼도 피해 간단다.
남자는 다른 사람과 마주할 때, 돈 냄새 풍기지 말고
아는 냄새 풍기지 말고 욕심을 풍기지 말아야 한다.
이 말은 아범이 골 백 살을 먹어도 명심하거라.

든든하고 무거운 것을 밑에 놓거라

아범아!
아무 돌이나 밑에 놓아서는 안 된다.
사업을 하다 보면, 사람을 쓰게 되는데,
재주 많고 꾀 많은 사람을 주춧돌로 쓰지 말거라.

조직을 떠받들고 이끌어 나가는 사람은
힘과 포용력이 있는 사람이어야 한다.
두툼하고 튼튼한 돌 위에다 둥글둥글하거나,
모나고 각진 사람을 올려놓고 경영을 하면
조직이 삐걱거리지 않는단다.
모나고 각진 사람이나, 둥글둥글한 사람이 떠받드는
조직은 항상 삐걱거리는 소리가 난단다.

투자는 시간과의 싸움이다

아범아!

나는 아직도 오십이 넘은 자식에게 투자하고 있단다.

아범보다는 격동의 세월을 더 많이 살아왔기에 내가

터득한 모든 것을 자식에게 전해주고 싶어 오늘도

모자지간(母子之間)에 대화하는 것이란다.

투자란 시간과의 싸움이지, 지식과의 싸움이 아니란다.

뇌물 받는 손보다 주는 속이 더 검다

아범아!
살다 보면 은근히 손을 내미는 사람도 있겠지만,
대부분 어떤 특혜를 받기 위해 뇌물을 주는 경우가
대부분일 게다. 뇌물을 받는 자체도 나쁘지만,
근본적으로 뇌물을 주고 자신만이 특혜를 받겠다는
그 자체가 더 잘못된 것이란다.

뇌물을 받는 손보다 뇌물을 주는 속이 더 검단다.
차라리 어떤 일의 해결이 상대방의 재량에 달려있다면,
그 사람의 양심에 호소하거라.
그리고 공개적으로 도움을 받거라. 그렇게 하면 상대
방도, 아범도, 사회도 모두가 떳떳해진단다.

시도 때도 없이 떡값이 오가는 이 사회에서 대가성이
없는 돈이 어디 있겠니? 상대방이 한 일이 고마울 때는
그 사람 개인한테 사례하지 말고, 그 사람이 속한
기관이나 단체에 공개적으로 기부하거라.

나이 오십에는 절반을 버려라

아범아!
매일 아침 눈을 뜨면
어제보다 오늘 더 작아지겠다고 다짐하거라.
남자 나이 오십이면
자신의 절반을 버리고 다시 시작하거라.
어설프게 익은 인생을 가지고 크게 보이려고 큰 사람
흉내를 내면, 더욱 추해지고 작아진단다.

한 가지 일을 오래 하면 길이 보인다

아범아!
세상에서 성공한 사람들을 보면
대부분은 한 우물을 판 사람들이 많단다.
이 일, 저 일을 바꿔가며 하기보다는 생업은 가능한
한 가지 일을 오래 하는 것이 좋단다.

십 년을 하면 길이 보이고,
이십 년을 하면 돈이 보이고,
삼십 년을 하면 무엇이 쌓여도 쌓인단다.
성공의 지름길은 자기가 하는 일에서
전문가가 되는 것이란다.

젊어서는 힘으로 살고 늙어서는 꾀로 산다

아범아!
세상의 이치는 정말 야속하리만큼 냉정하단다.
젊어서는 세상을 다 지고 갈 수 있을 것 같다가도,
나이가 들면서는 힘이 빠지고 꾀가 늘어난단다.
젊어서는 힘으로 살고 나이 들면 꾀로 살라는 뜻이란다.

힘 있는 젊은이에게 꾀까지 주어지면
경솔한 행동으로 세상을 파괴하고,
꾀 많은 늙은이에게 힘까지 주어지면 사자가 된단다.
그래서 하늘은 젊은이가 나이가 들면서
꾀가 늘어나면 힘을 뺏어가는 것이란다.
그나마 남자가 힘도 있고 꾀도 생긴 나이가
사오십대니 지금 가장 중요한 일을 많이 해야 된다.

우리의 음식 맛은 손끝에서 나온다

아범아!
중국과 일본을 자주 출장 다니며
음식 맛을 제대로 봤느냐?
별 느낌 없이 먹었다면,
다음에는 이 에미 말을 생각하며 관찰해 보거라.

우리의 음식은
거의 손끝에서 나오는 손맛이고,
일본은 칼끝에서 나오는 맛이고,
중국은 불에서 나오는 맛이란다.
느껴 보거라.

떡을 사 오는 자식보다
예쁘게 말하는 자식이 더 예쁘다

아범아!
아범도 자식을 둔 부모니 느끼겠지만
부모에게 있어서 어떤 자식이 예쁜 줄 아느냐?
돈 많이 주는 자식도 아니고,
말 한마디라도 살갑게 하는 자식이 더 예쁘단다.

젊은이가 밤새워 고민하면
하늘도 가끔 귀를 기울인다

아범아!
젊은이가 밤새워 고민하면
하늘도 가끔 귀를 기울이지만,
나이 들어 그렇게 하면 개도 안 쳐다본다.
고민도 나이에 걸맞게 해야 한단다.

최고의 가장이란

아범아!
식구들을 며칠씩 굶기다가
가끔 큰 고기 한 마리를 잡아 오는 가장보다는
잔챙이라도 매일 식구들이 먹은 만큼 잡아 오는
가장이 최고의 가장이란다.

가장이란
어디 가서 구걸해오더라도
헛기침하며 허리를 펴야 한다.

세상일, 법으로 해결하면 상처만 남는다

아범아!
세상의 꼬인 매듭은
어쩔 수 없이 법으로 풀어야 할 것이 있고,
가르쳐서 해결해야 할 것이 있고,
이해와 사랑으로 해결해야 할 일이 따로 있단다.

법으로 해결하는 것은 상처가 너무 크고
가르쳐서 해결하는 것은 시간이 너무 오래 걸리고
이해와 사랑으로 해결하는 것은 자기 자신만 버리면
된단다. 어느 길을 택하던 꼬인 매듭은 가시덤불을 지
나는 길이란다.

기둥감이 없을 때는 썩은 기둥이라도 세워라

아범아!
기둥감으로 쓸 것이 없을 때는
썩은 기둥이라도 세우거라!
없는 것보다는 훨씬 낫단다.

썩은 새끼줄도 참새가 보면
새끼줄이란다.

허수아비가 사람은 아니지만
사람을 대신하고 있는 것과 같은 뜻이란다.

진실과 사랑의 기반 위에 세워진 탑은
허물어지지 않는다

아범아!
아범과 내가 살아온 세월 속에 얼마나 많은 사람들이
국가와 국민을 위한다며 많은 탑을 세웠지 않느냐?
그러나 흔적도 없이 사라지고
진실과 사랑의 기반 위에 세운 탑만이
남아있지 않느냐?

이 세상에 잘난 사람은 수없이 많단다.
또한, 강한 사람도 많고, 그러나 그 강함과 잘난 것이
진실과 사랑의 기반 위에 세워진 것이라야지,
갓끈 떨어지고 나면 무지리와 별반 다른 것이 없단다.

사랑과 진실은 인생의 기초란다.

제9부

지게 작대기 -중년 3

사탕은 배가 부르라고 먹는 것이 아니다

아범아!
에미 자식 간에 못 할 말이 어디 있겠느냐!
이 에미가 하는 말을 귀담아 듣거라.

사탕은 배가 부르라고 먹는 것이 아니란다.
단맛을 즐기기 위해 먹는 것이란다.

부부관계를 할 때는 막대 사탕을 빨아 먹듯이
천천히 단맛을 음미하거라.
사탕이 달다고 깨물어 먹으면
뱃속에서는 단맛을 느낄 수 없단다.

- 어머니!
어머니!
어머니!

부부가 등산할 때는
먼저 정상에 올라 만세를 불러서는 안 된다

아범아!
부부생활을 할 때는
아내와 같이 산에 오른다고 생각하거라.

처음에는 네가 먼저 나섰지만
아내가 뒤처지면 끌어주고 때로는 뒤에서 밀어주며
같이 오르거라.

너만 먼저 정상에 올라 만세를 부르거나
아내가 먼저 오르도록 뒤처져서는 안 된다.
항상 손을 내밀면 닿을 수 있는 거리를 두고
같이 정상에 오르거라.

어머니!
별걸 다 가르쳐 주셔요.

아범아!

다 아는 사실 같지만,

등산의 등자도 모르고 사는 사람이 거의 다란다.

사내놈이라는 것은

등산을 시작하면, 누구와 같이 가는 줄도 모르고

혼자 산 정상에 올라 만세를 부른단다.

섹스라는 요리는

아범아!
섹스란 사랑하는 사람과 함께
만들어 먹는 요리와 같은 것이다.
둘이 만들어 둘이 맛있게 즐길 수 있는 요리는 더할
나위 없는 천상의 요리란다.
섹스라는 요리는 돈을 주고 사서 먹어도 안 되고
남의 것을 뺏어 먹어도 안 되고, 구걸해서 얻어먹어도
안 되고, 혼자 만들어 먹어도 안 된다.
사랑하는 사람과 같이
둘이 만들어 먹어야만 하는 요리란다.

- 그러면 부적절한 사람과 만들어 먹는 요리는
어떻게 생각하세요?

부적절하다는 것은 요리를 만드는 재료가 적절하지
않다는 것이겠지. 적절하지 않은 재료에는
독이 있거나 먹고 나서 탈이 날 확률이 높겠지.

여자는 눈물 보따리가 고향이란다

아들아!
누구나 고향을 떠나 살 수는 있지만
고향을 등지지는 말거라.
고향은 너의 추억을 간직한 것 이상의 의미가 있단다.
고향은 연어처럼 네가 회귀하려는 네 마음의 구심점이란다.

그럼 어머니도 지금 고향으로 회귀를 꿈꾸고 계시나요?

아니다. 여자는 시집올 때,
고향을 눈물 보따리에 싸서 가지고 온단다.
가끔 고향 생각이 나면
내 마음의 눈물 보따리를 끌러 본단다.
여자는 눈물 보따리가 고향이란다.

무관심, 배려, 사랑

아범아!
결혼생활이란, 흰 눈 덮인 벌판 위를 부부가 걸어가게
한 후에 남는 발자국에 비유할 수 있단다.
두 사람이 걸어간 발자국이 따로따로 나 있다면
그것은 무관심이고, 앞서간 사람의 발자국을 밟고
지나간 흔적이 있으면 그것은 배려이고,
둘이 걸어가는데 발자국이 하나만 남았다면
그것은 사랑이란다.

아들아!
인생이란 차갑고 외로운 먼 길을 가면서
업어주고 업히면서 간다면
발자국은 하나만 남는단다.

– 어머니!
어머니는 지금 업혀서 가고 계신 건가요?
아니면, 아버지와 나란히 걷고 계신 건가요?

네 아버지는 아직 방에서 나오시지도 않았단다.
나 혼자 그냥 걷고 있을 뿐이란다.

– 어머니도 결국 발자국 하나만 남겼으니,
사랑이겠네요?

눈이 다 녹으면
사랑이겠지.

잘못 주면 주고도 욕먹는 것이
음식과 딸자식이다

아들아!
남에게 음식을 줄 때는
가장 신선하고 맛있을 때 바로 주거라.
먹다가 남아서 남에게 주는 음식은
버리는 것만 못하단다.

떡을 줄 때는 따뜻할 때 먼저 주고
푸성귀를 줄 때는 시들기 전에 주고
과일을 줄 때는 가장 잘 익은 것을 골라 주거라.
잘못 주면 주고도 욕먹는 것이
음식과 딸자식이란다.

한 남자의 일생

아들아!
너는 지금 아들이라고 불리고 있지만
세월이 지나면
남편이라 불리고
아버지라 불리고
할아버지라 불리다가
고인이라 불리는 것이란다.

아들은 아들답게 곧고 바르게 자라면 되고
남편은 남편답게 아내에게 믿음을 주고
아버지는 아버지답게 가장이 되었다가
할아버지가 되면 온화한 미소를 짓다가 가면
그냥 잘 살은 인생일 것이다.

기다릴 줄 아는 사람만이
나무를 심는다

아들아!
젊어서부터 나무를 심거라.
학문이나 재물은 짧은 시간에 터득하거나
모을 수 있지만, 나무는 하루아침에 절대 자라지 않는다.
일찍 심을수록 좋다.

남자가 이 세상에 태어나서 살다가 갈 때는 자기 어깨
너비만큼 굵게 자란 나무 위에 누워 땅에 묻히는 것이
따뜻한 마감이란다.

예로부터 우리 조상은 딸이 태어나면 오동나무를 심어
시집갈 때 장롱을 만들어 보냈고, 사내가 태어나면 남쪽
지방에선 감나무를 심었고, 위쪽 지방에선 밤나무를
심어 글을 배우는 데 보탬이 되도록 했단다.

우리 조상은 대단한 분들이었단다.

손주를 생각해 은행나무를 심었고 소나무를 심었단다
외침의 수난으로 없어진 나무를 지금부터라도 열심히 심거라.
그리고 자식을 기르듯 기르거라.
나무를 심으며 배우는 것은 인내심과 기다릴 줄 아는
사람이 된다는 것이다.
오랜 세월 나무를 심고 가꾸다 보면 사람의 심성도 나
무를 닮는단다.
알아들었느냐?

- 예, 어머니.

꿀 먹은 언어장애인은 의심받지 않는다

아들아!
사람은 살다 보면
남을 헐뜯는 자리에도 있게 되고,
남을 칭찬하는 자리에도 있게 된단다.

남을 헐뜯는 자리에서는
꿀 먹은 언어장애인이 되고,
남을 칭찬하는 자리에서는
맞장구를 한번 치거라.
맞장구 소리가 너무 요란해도 후환이 생기니
그냥 한두 번만 치거라.

혼자 백 걸음을 가는 것보다
백 명이 한 걸음씩 가는 것이 삶이다

아들아!
혼자 많은 것을 취하거나
혼자 높이 오르거나
혼자 빨리 가지 말거라.

여럿이 같이 사는 세상에서는
어깨동무하고 같이 가는 것이 삶이란다.

혼자 부자가 되면 오래 못 가고,
혼자 높은 벼슬을 하면 얼마 안 가 갓끈이 떨어지고
혼자 많은 것을 알면 따돌림을 당한단다.
알아들었느냐!

술을 따를 때는
너의 마음을 술잔에 채우거라

아들아!
다른 사람에게 술을 따를 때는 너의 따뜻한 마음을
술잔에 가득 채우거라. 친구에게 술을 따를 때는
너의 우정을 가득 부어주어라. 친구 또는 다른 사람과
술을 마실 때, 술 자체를 마시지 말고 친구의 우정,
다른 사람의 따뜻한 마음을 가슴에 가득 채우거라.
술 자체를 마시지 않고 친구의 우정이나 상대방의
따뜻한 마음을 가슴 가득 채우면 기분이 좋아진단다.
술 자체를 마신 사람은 심신이 허약해지며
추락의 길로 접어들고 우정을 마신 사람은
새로운 출발의 보약이 된단다.
알아들었느냐?

– 예, 어머니.
그러나 친구와 마시는 술도 너무 자주 마시면 친구에
게 줄 우정이 고갈된단다. 적당한 간격으로 마시거라.

처음 만난 사람과 이야기를 나눌 때

아들아!
어떤 사람과 처음 만나 이야기를 나눌 때 그 사람의
단점을 보기보다는 그 사람의 좋은 점을 찾아내 기억
하거라.
네가 그 사람의 좋은 점을 기억하는 것만큼 상대방도
너에 대해 좋은 것을 기억하는 것이란다.
그리고 상대방의 이름을 꼭 기억하거라.
상대방의 이름을 잊었으면
몇 번이고 되물어 보는 것은 흉이 아니란다.
오히려 상대방은 호감으로 더 가까이 다가온단다.
알아들었느냐?

남자는 세 끝을 조심하면 망신살은 피한다

아들아!
에미가 사내자식에게 이런 말까지 하는 것은
너를 올바른 청년으로 만들기 위해 하는 말이다.
이해하고 듣거라.
남자는 손끝을 조심하면
투기와 잡기에 빠져 패가망신하는 일은 피할 수 있고,
혀끝을 조심하면 구설수에 말려들지 않고,
고추 끝을 조심하면 집안 망신은 피할 수 있단다.
그리하겠느냐?

- 예, 어머니.

국력은 집중시키고 문화는 분산시키거라

아들아!
국가의 힘. 국력은 집중시키고 좋은 문화는 국민에게
분산시켜야 한단다.
특정 집단이나 특정 계층의 사람들이 자기들만의
문화를 향유하는 것은 국가에 도움이 되지 않는단다.
모든 사람이 향유할 수 있는 좋은 문화는 분산시켜야
민족이 융성한단다.

어머니!
아시다시피 지금 제가 무슨 힘과 무슨 내세울 만한
좋은 문화를 가지고 있어 분산시키겠습니까?

아들아!
동네를 한 바퀴 돌고 오너라!
그리고 거리에서 만나는 모든 사람에게 평소보다
겸손하고 친절하게 웃으며 인사하거라.
이것이 지금 너에게 해줄 수 있는 대답이다.

산다는 것은 협상이다

아들아!
세상을 타인과 더불어 산다는 것은
아집이 아니라 협상의 산물이란다.
젊어서부터 협상하는 원칙을 익히거라.
사랑하는 사람과 협상해야 하며,
부모 자식과 협상해야 하며,
나중에는 손주와도 협상하며 사는 게 인생이란다.
항상 둘 이상의 이해관계가 얽힌 사람이나
집단과 협상을 할 때, 이익과 관계있는 것이라면 최대
공약수를 찾아내거라.
만약 협상의 내용이 손실과 관계있는 것이라면, 서로의
손실을 최소화할 수 있는 최소공배수를 찾거라.

아들아!
협상을 한다는 것은 어려운 수학의 3차 방정식이 아니란다.
초등학교에서 배운 산수 지식만 가지고도
협상의 달인이 될 수 있단다.

서로의 지분이 다른 사람들과 협상을 할 때는
먼저 누구나 공감할 수 있게 통분을 하여
분모를 같게 한 다음 협상하거라.
공통분모 앞에서는 누구나 불평이 없단다.
알아들었느냐?

- 예. 어머니.

그래, 그러나 협상이란 아무리 최대공약수, 최소공배수를
찾아내도 협상이 잘 안 되는 경우가 더 많단다.
협상에 임할 때는 항상 양보심을 가지고 진지하게
상대방을 대하거라.
협상이란 양보의 기술이란다.

남자는 헛기침을 할 줄 알아야 한다

아들아!
우리의 조상은 헛기침으로 쓴소리와 단 소리를 할 줄
아는 대단한 분들이었단다. 헛기침이 그냥 인기척을
내기 위한 수단만은 아니었단다.

사내대장부는 가끔은 좋고 싫음을
헛기침으로 표현할 줄 알아야 한단다.
우리 민족은 헛기침으로
많은 것을 표현할 줄 아는 대단한 민족이었단다.

태어나자마자 한 살을 먹는 이유

아들아!
우리 민족은 여자가 수태하면 뱃속의 아이를 인격과
생명을 가진 하나의 인격체로 생각한단다.
그때부터 한 인간으로 나이를 먹기 시작하는 것이란다.
인간 존엄성과 생명에 대한 경외심은
우리 민족의 자랑이며 자긍심이란다.

- 예, 어머니. 잘 알겠습니다.

까치밥은 남기거라

아들아!
울 안 과일나무에 매달린 과일을 맨 꼭대기 것까지
다 따지는 말거라.
까치밥 정도는 남길 줄 아는 여유를 배우거라.
우리 조상들은 궁핍 속에서도 까치밥 정도는 남길 줄
아는 여유로움과 새들과 함께 공생하신 분들이었단다.
이것이 우리 민족의 정서란다.

골동품은 세월 값이지 물건값이 아니다

아들아!
골동품이 쓸모 있는 물건이라
값이 있는 것이 아니고,
단순히 오래되었다는 이유로
그 세월 값을 하는 것이란다.
사람이든 물건이든
그 안에 든 세월을 중히 여기거라.

책임감 없는 남편과 살면
여자가 멍에를 져야 한다

아들아!
결혼하면 조선의 남자는 아내를 책임을 져야 한단다.
악처와 같이 사는 것은 가시방석에 앉은 것과 같이
움직일 때마다 찔리지만
책임감 없는 남편과 같이 살면
여자가 멍에를 져야 한단다.

어려서부터 음식을 색깔로 먹이거라

아범아!
아이들에게 음식을 해 먹일 때는
색깔을 골고루 맞추거라.
영양가도 물론 생각해야 하지만 기왕이면 빨강, 파랑,
노랑, 흰색, 검정 등 색의 조화를 맞춘 음식을 먹이면
영양가 면에서도 그리 모자람이 없을 것이다.

어려서부터 음식을 입맛으로만 먹지 않고,
눈으로도 맛을 느끼는 습성을 키워주거라.

우리 민족은 술맛을 아는 민족이다

아범아!
우리 민족은 술의 참맛을 아는 민족이란다.
술 따르는 문화가 이웃 일본이나 중국을 보면, 마시다
남은 술에다 계속 첨잔해서 마시는데, 우리는 술잔이
비어야만 새로 따르는 문화란다.
술이란, 술독에 있을 때하고 잔에 따랐을 때하고 맛이
다르단다. 당연히 술잔에 남은 술에 첨잔해서 마시는
술맛하고 새로 따른 술맛이 다르단다. 별것 아닌 것
같지만, 우리 민족은 작은 것 하나하나까지도 깊은
생각이 들어 있는 문화를 가지고 있단다.
지키거라! 그리고 작은 문화까지도 계승 발전시키거라.

– 어머니는 약주를 전혀 안 하시면서 어떻게 술맛을
그리 잘 아세요?

그래, 술은 남자들이 주로 마시지만,
술을 빚는 것은 여자란다.
그리고 술맛을 지금까지 이어온 것도 여자란다.

남과 비교해서 안 되는 것 세 가지

아범아!
이 세상에서 남과 비교해서 안 되는 것, 세 가지가 있단다.

첫째는 부모를 남의 부모와 비교해서는 안 되고,
둘째는 아내나 남편을
다른 사람과 비교해서는 안 되고,
셋째는 자식을 남의 자식과 비교해서는 안 된단다.

이 세 가지는 비교의 대상이 아니고 천륜과 인륜이란다.

아내가 신뢰하면 하늘도 믿는다

아범아!
세상 사람들이 모두 자신을 믿어주지 않는다고 해도,
아내에게만큼은 믿음을 얻어야 한다.
아내가 믿어주는 남편은 밖에 나가 절대 믿음 없이
행동하지 않는단다.
아내가 신뢰하면 하늘도 믿는단다.

대들보가 무너지면
서까래는 따라서 무너진다

아범아!
가장은 가족들 앞에서 절대로 약한 모습을 보여서는
안 된다. 어린 자식들이나 식솔들은 가장이 무너지면
같이 따라서 무너진단다.

가장은 대들보로써 비록 속이 썩어가고 있어도
무너지는 소리를 내서는 안 된다.
대들보가 무너지면 서까래는 따라서 무너진단다.

- 어머니!
그러면 가장은 나약한 모습을 보여서도 안 되고,
강한 척하며 허풍을 떨어야 하나요?

아니다.
약한 모습을 보이기보다는 허세를 떨기보다는 웃어라.
웃음이 어려움을 가져갈 것이다.

명예란 접시에 담긴 물이다

사랑하는 아들, 딸들아!
부^富와 명예와 권력에 너무 집착하지는 말거라.
부는 사기그릇에 담긴 물이고,
명예는 접시에 담긴 물이고,
권력은 모래 위에 흐르는 물이란다.

사기그릇의 물은 잘못 취급하면 한 번에 쏟아지고,
접시에 담긴 물은 넓고 많은 것 같지만 마르기 쉽고
모래 위를 흐르는 물은 오래가지 못한단다.

물을 그릇에 담아두기보다는
마르지 않는 샘을 파거라.
그 샘이 무엇인지는 스스로 터득하거라.

가을에 꽃이 피면 씨는 맺을지 모르지만
큰 열매는 키울 시간이 없다

아들아!
일찍 꽃을 피우는 것이 꼭 좋은 것만은 아니지만,
너무 늦게 꽃을 피우면 큰 열매를 키우기에 시간이
부족하단다.
늦게 핀 꽃을 위해 태양이 기다려주지 않듯이
너무 늦게 결실하는 사람을 위해 세월 또한
기다려주지 않는단다.
인생 계획을 세우며 참고하거라.

인생 목표가 없으면
허무라는 수렁에 빠지게 된단다

아들아!
두 눈을 뜨고도 허무주의에 빠지는 것이 인간이란다.
산 짐승이 두 눈 뜨고 수렁에 빠지는 것 봤느냐?
인간은 목표가 없으면
짐승도 빠지지 않는 허무라는 수렁에 빠지게 된단다.

정신적인 가치에만 너무 몰두하지 말거라

아들아!
정신적인 가치에만 너무 몰두하지 말거라.
지나치면 깊은 수렁에 빠져 헤어나기 어렵다.
그렇다고 물질적인 가치에만 집착하라는 말은 아니다.

정신적인 가치와 물질적인 가치가 적절하게 조화를
이룰 때 평범하면서도 궁핍하지 않은 삶을 유지할 수
있는 것이란다.

젊어서는 특히, 빠지기 쉬운 수렁이란다.
조심하거라.

몸과 마음은 하나다

아들아!
병이 생기는 원인은
여러 가지가 있겠지만
마음이 급해서 오는 병도 많단다.

마음을 다스린다는 것은
결국 몸을 다스리는 것이란다.

항상 잊지 말거라.
몸과 마음은 하나라는 것을….

남과 대화할 때는
속이 훤히 들여다보일 정도로
솔직하게 말하거라

아들아! 사랑하는 아들아!
솔직한 대화보다 사람과 사람 사이를
가깝게 해주는 것은 없단다.

솔직함이란,
아름다움이고, 신뢰란다.
솔직한 대화를 못 할 바에는
말을 하지 않는 것이 더 나을 때도 있단다.

힘이 센 것도 강한 것이요
아름다운 것도 강한 것이다

아들아!
조선왕조 때, 정조 임금은
아름다움은 적에게 두려움을 준다고 말씀하셨다.
이 말은 아름다운 것은 강한 것이라는 뜻일 게다.

힘이 센 것도 강한 것이요.
아름다운 것도 강한 것이다.
뭘 하나를 만들더라도
아름답게 만들거라!

음악이란
고단한 삶에 윤활유와 같은 것이다

아범아!
음악이란 고단한 삶에 있어서
윤활유와 같은 것이란다.

노래를 들어도 좋고,
불러도 좋고, 악기를 연주해도 좋다.
고단한 삶에 윤활유를 치면서 살거라!

더 이상 가난을 대물림하지 말거라
_사우디에 가 있는 아들에게 어머니가 쓰신 편지

아범아!
처자식을 두고 돈을 벌겠다고 떠난
아범의 마음을 그 무엇으로 달랠 수 있겠니.

나는 사우디아라비아가 어딘지 모르지만
그냥 모래사막을 머릿속에 몇 번씩 그려본단다.

오늘은 손주가 아빠를 여러 번 찾을 때
까까 사러 갔다고 말하고 돌아서서 눈물을 흘렸다.

약해지지 말고
뜨거운 모래바람에 몸과 마음을 강하게 달궈
더 이상 가난을 대물림하지 말거라.

인샬라

_사우디에서 어머니께 쓴 편지

어머니!
오늘은 '인샬라'라는 아랍어를 배웠어요.
너무 좋은 뜻이더라구요.
'모든 것은 신의 뜻대로'라는 말인데
가슴에 와 닿더라구요.

인샬라!
인샬라!
몇 번씩 되새겨봤어요.

어머니!
저는 이 말을 배우려고 사우디에 왔나 봐요.

인샬라!
인샬라!
인샬라!

제10부

비수 -장년 1

들어도 못 들은 척, 보고도 못 본 척하는
사람은 인생을 두 배로 산 것이다

아범아!
다른 사람들이 들을 때, 못 듣고
다른 사람들이 볼 때, 못 본 사람은
인생을 절반밖에 못 산 사람이지만,
들어도 못 들은 척,
보고도 못 들은 척하는 사람은
인생을 두 배로 산 것이란다.

나이가 들어가면서
보고도 못 본 척, 들어도 못 들은 척하면
노여움도 사라지고 마음에 평온이 온단다.

가끔은 눈을 감거라.
가끔은 귀도 막고,

나이 들면 큰 것만 보고
큰소리만 들어라

아범아!

나이가 들면 눈도 어두워지고 귀도 잘 안 들린단다.

그것은 순리란다.

늙어서 젊었을 때처럼 작은 것에 참견한다면 스스로
힘들어진단다.

큰소리만 듣고 큰 줄기만 보라는 뜻으로 받아들이거라.

또한, 가까운 것이 잘 안 보이고 먼 곳이 보이는 것도
의미 있는 변화이니 그 또한, 받아들이거라.

나이가 들수록 하늘을
자주 쳐다봐야 한다

아범아!
나이가 들어갈수록 자주 하늘을 쳐다봐야 한다.
이른 아침에 뜨는 해도 보고, 저녁때 지는 해도 바라보면,
거기에 무언가 있단다.
같은 하늘인데, 태양이 없는 밤하늘에는
더 깊은 비밀이 보인단다.

눈을 감고 쳐다보는 하늘에는 더 많은 것이 보인단다.
가끔, 그리 해 보거라.

웃음과 용서가
최고의 건강 비결이다

아범아!
무조건 용서하거라.
용서하지 못하고 가슴속에 미움을 품고 있으면 몸과
마음이 병든단다. 또한, 웃지 않고 살아가는 사람은
몸과 마음이 굳어진단다. 부드럽고 유연한 몸과 마음을
유지하려면, 배를 움켜쥘 정도로 자주 웃으며 살거라.

건강한 사람은
가슴에 화를 품고 있지 않고 자주 웃는 사람이란다.

다 걷어 들이려 하지 마라

아범아! 사랑하는 아들아!
다 걷어 들이려 하지 마라!
들판에 소가 풀을 뜯다가
땅바닥에 뜯은 풀 몇 개 흘렸다고
그것까지 다 주워 먹으려 하다가는 있는 풀도
다 못 먹고 날이 저문단다.

큰 고기를 잡으려면 그물코가 커야 한단다.

남자가 두 팔 벌려 세상을 끌어안으면
그것이 하늘이고 우주란다

아범아! 아범아!
사랑하는 내 아들아!
너무 작은 것을 손으로 움켜쥐려고 하지 말거라!
기를 쓰고 움켜줘 봤자. 한 움큼이란다.

두 팔 벌려 너그럽게 만사를 끌어안으면
한 아름의 세상이 된단다.
남자가 두 팔 벌려 세상을 끌어안으면
그것이 하늘이고 우주란다.

여자의 한복에는 주머니가 없단다

아범아!
나는 어려서부터 수의壽衣를 입고 살아왔단다.
아니. 나뿐만 아니라, 우리 조상은 여자의 한복에
주머니를 만들지 않았단다.
뭐든지 가진 것은 나누고, 자기를 희생하라는
슬픈 사명감이었지.

어머니. 저는 어머니의 치마 속 고쟁이에서
항상 중요한 뭔가를 꺼내는 모습을 보아 왔거든요.
겉에는 수의를 걸치고, 속에는 은장도와 중요한 것을
숨기는 이율배반적인 그런 모습 말입니다.

그래, 바로 그거란다.
자신의 지조를 지키려고 은장도를 품었고
가장 절실한 시기에 자식을 위해 쓰려는 것들이었지.

수의壽衣에는 주머니가 없다

아범아!
수의壽衣를 본 적이 있느냐?
수의에는 주머니가 없단다.
이 세상 떠날 때는 아무것도 가져갈 수 없기에
우리 조상님들이 그렇게 한 것이란다.

나이가 들수록 내려놓고 비우는 연습을 하거라!
마음이 가벼우면 떠날 때 주머니가 없어도
외롭지 않을 것 같구나.

어머니!
콩밭과 나무 밑에 잡초는 어떻게 하고 가시려고요?

잊어야지.
사랑하는 자식도 잊는데, 풀포기쯤이야 잊을 수 있겠지….

허물어지는 것은 잠깐이다

아범아!
쌓기는 어려워도 허물어지는 것은 잠깐이다.

인생이라는 탑은
결국, 파도가 넘실대는 바닷가에 지은
모래성이란다.

사는 동안
파도에 휩쓸리지 않으면
잘 살아온 것이란다.

높이 쌓으려고 욕심내지 말고,
수만 년 지키려고 무리하지도 말고,
바람이 지나간 산자락처럼
구름이 지나간 벌판처럼
인생을 생각하거라!

사람의 뒷모습은 많은 말을 한다

아범아!
사람의 뒷모습은
특히, 남자의 뒷모습은 많은 말을 한단다.

남들 앞에 내세운 얼굴은 숨기고, 가리고 보여주지만
돌아서 걷는 뒷모습은 많은 것을 말해 준단다.
혼자 걷는 남자의 뒷모습에는 지나온 인생이 담겨 있고,
남들 앞에 선 앞모습에는
가끔 가면을 쓴 모습이 보이는 것이란다.
앞과 뒤가 같은 모습으로 살려면
매사에 입으로 대하지 말고 가슴으로 대하며 살거라.

어머니!
그러면 앞뒤가 없는 옷을 입고 살면 어떨까요?

그럼, 옷만 바꿀 것이 아니라
머리도 돌려야지.

전통을 깨는 것이 개혁은 아니다

아범아!
전통을 깨는 것만이 곧, 개혁改革은 아니란다.
관혼상제冠婚喪祭의 전통을 깨고 지금에 와서
남은 것이 무엇이냐?
편리성을 앞세워 국적 없는 문화가 판을 치고
절름발이 전통을 이어가고 있는데, 지금이라도
잊혀가는 전통은 되살려야 한단다.
문화의 전통을 이어가는 민족만이 살아남았다.

한 가정도 마찬가지다.
가문의 전통을 이어가는 집안이 결속도 잘되고
잡음도 없단다.
조금씩 개선은 해 나가야겠지만
문화의 개혁은 민족의 말살이란다.

여자의 얼굴은 남편이 만든다

아범아!
아내에게 잘하거라.
남편은 아내에게 믿음만 주면
모든 것이 다 그 안에 있단다.

우리 속담에
'여자 얼굴은 나이 스물에는 타고난 얼굴이고,
서른에는 자기가 만든 얼굴이고, 마흔에는 남편이
만들어 준 얼굴'이라는 말이 있다.
잘 살고 못 사는 것에 상관없이 여자의 얼굴을 보면
그 남편의 행실을 알 수 있단다.

'아내와 집은 가꿀수록 좋아진다.'는 말이 있다.
네 처의 얼굴을 책임지거라.

– 어머니!

지금의 어머니 얼굴은
아버지가 만든 얼굴인가요?

아니다.
네 아버지가 만든 얼굴은
한탄강에 씻어서 없어졌고
자식들이 만든 얼굴이란다.

권력이란

아범아!
권력을 탐하지 말거라.
권력을 잡는 것이란
벼랑 끝에서 칼을 쥐고 있는 것과 같은 것이란다.

멀리서
자신을 밀어낼 바람이 불어오고 있는 것을 모르고
밑을 살피기보다는 위만 쳐다보다가
갓끈이 떨어지는 것이란다.

명예를 유지한다는 것은
명예를 얻는 것보다 더 어려운 일이다

아범아!
명예를 유지한다는 것은
명예를 얻는 일보다 더 어려운 일이란다.
명예란 바람 앞에 촛불과 같아서 대중으로부터
불어오는 작은 바람에도 꺼질 수 있단다.
그래서 현명한 사람들은 명예로울 때
스스로 촛불을 끄고 대중 속으로 들어가 버린단다.

죽어서 명예로운 사람은 더 이상 대중 앞에 보이지 않으니까.
대중에게 잊혀질 뿐이지, 명예는 존재하는 것이란다.

정치는 광대놀음이다

어머니. 정치에 대하여 어떻게 생각하세요?

아범아!
이 시골 아낙은 아니, 이제는 늙은 할망구는
어떤 사상가도 철학자도 아니란다.
그저 남편과 자식을 위해 자신은 버리고 살아온
시골 할망구에 불과하단다.

그래, 기왕에 질문을 했으니
이 에미의 생각을 이야기하마.
정치란, 광대놀음이 아니겠니?
재주 많은 사람들이 무대 위에서 재주를 부리다 사라
지고, 또 다른 광대가 올라와 재주를 부리다 사라지면
사람들은 그 광대 이름조차 기억하지 못하는
그야말로, 모든 것이 광대놀음이라 생각한다.
어찌 보면 내 삶 자체도 광대놀음 같구나.

제11부

화살촉-장년 2

늙어서 쓰는 돈은 낭비가 아니다

아범아!
나이 들어서 쓰는 돈은 낭비가 아니란다.

젊어서는 두 번, 세 번 생각하고
주머니 속에 손을 넣어야 하지만
나이 들어서는 써야 할 곳이 있다면
바로 지갑을 열어도 괜찮단다.

궁하지 않으면
친구를 만나 밥도 사고 술도 사거라.
남자가 나이 들어 움켜쥐기만 하면
결국 자식새끼 싸움만 시킨단다.

여백餘白이란
미완성이 아니라 완성이다

아범아!
여백에 대하여 어떻게 생각하느냐?
여백을 잘 이해하고 있다는 것은
인생을 잘 음미하고 있다는 것이기에 묻는 것이다.

- 어머니!
여백이란 미완성이 아니라 완성이라고 생각합니다.
여백이란 공간이 아니라 이미 채워진 공간이라고
생각합니다. 또한, 우리가 가야 할 공간이고 희망이라고
생각합니다.

아범아!
나는 여백이란 존재하는 것에 대한 배려이고 희생이라고
생각한다. 또한 평화이고 나눔이라고 생각한다.
꽉 채운다는 것은

어떻게 보면 다른 사상이나 생각이 들어갈 수 없는
막힌 공간, 아무것도 없는 공간이란다.

다 채우려 하지 말거라!
여백을 터득하면
인생도 훨씬 여유로워진단다.

네 가슴에 품은 한^恨은
너를 지탱시키는 기둥뿌리다

아범아!
내가 아범을 낳아 같이한 세월이 이제 60년이 넘었구나.
그동안 후회와 번뇌, 아쉬움이 왜 없겠냐마는
꿈같은 세월이었구나.
아범아!
아범은 그동안 이룬 것이 무엇이라고 생각하느냐?

- 어머니!
아직도 과정 중인데, 이룬 것이 무엇이 있겠어요?
30여 년 전부터 심기 시작한, 셀 수 없는 나무가
오늘도 자라고 있는 것뿐입니다.

내가 물은 것은 그게 아니라
마음속에 무엇을 이루었냐고 물은 것이다.

어머니 가슴속에 남아 있는 한恨 만큼
저도 가슴속에 한恨만 가득한 것 같은데요.
그래, 인생을 제대로 살았구나.
한恨이 가슴에 가득하다면, 제대로 산 것이란다.
아범 가슴속에 가득한 한恨은
아범을 지탱시키는 기둥뿌리지.

한恨도 기쁨도 슬픔도
결국은 같은 콩깍지 속에 든 콩이란다.

젊어서는 투자하고
늙어서는 소비하거라

아범아!
투자는 젊어서 하는 것이지,
늙어서 하는 것이 아니란다.
나이가 들수록 투자는 줄이고
소비를 늘리거라.

늙어서는
양식 주머니만 꼭 쥐고
다른 주머니는 풀어서 나누거라!

일방적인 한 방향은
흐름이지 소통이 아니다

아범아!
정치하는 사람들이 '소통, 소통'하고 말하는데
소통은 한 방향의 흐름이 아니란다.
소통은 쌍방향이어야 한단다.

오는 것은 막고 따라만 오라고 하는 것은
소통이 아니란다.

아범도 가족 간에 소통이 잘되고 있는지
한 번쯤 생각해 보거라.

손주는 상처받고 살아온 할머니, 할아버지의 영혼을 치료한다

어머니!
버릇없는 손주에 대해서 한 말씀 해주시지요.

아범아!
손주는 그냥 예뻐해 주면 된다.
그 이상도 그 이하도 아니다.
손주 교육은 부모가 시키는 것이고
할머니, 할아버지는 그냥 예뻐해 주면 된다.
자식 키우며 상처받은 것을
손주가 할머니, 할아버지 무릎 위에서
때 묻지 않은 웃음으로 치료하고 있는 것이란다.

- 그러면, 어머니도 저를 키우며 상처받으셨나요?

네가 스스로 생각해 보거라!

인생, 어떻게 살아야 잘 산 것인가요?

어떻게 살아야 인생을 잘 산 것인가요?

아범아!
평생 호밋자루 들고 잡초와 싸운 내가
뭐 그리 시원한 대답을 해주겠다고
나한테 그런 질문을 하느냐?
그저 내 나름대로 생각한 것을 말하마.

그저 남에게 피해 주지 않고 처자식 거느리고
가슴 펴고 혼자서 잘 걸었으면
올바르게 산 것이고
한 손에 힘든 누군가를 부축하며 같이 걸었으면
훌륭하게 산 것이고
두 손으로 힘든 누군가를 잡고 같이 걸었으면
위대하게 산 것 아니겠느냐?
언젠가 어디선가 들었던 이야기를 이야기한 것이다.

정치政治에 대하여

어머니!
정치政治란 무엇이라고 생각하세요?

정치란 말(言)이지, 다시 말하면 정치란 말의 예술이지.
정치인이 하는 말은 말이라 하지 않고 소리라 하지.
선생님이나 웃어른이 하는 말은 '말씀'이라 하지.
정치인이 하는 말을 말씀이라고 하는 것 봤느냐?

어머니! 정치는 누가 해야 합니까?
"정치인이 해야지."

그러면, 누가 정치인이 되어야 합니까?
"정치에 뜻을 둔 사람이 해야지."

정치인의 자격은 누구입니까?
"개가 정치하는 것 봤냐? 사람이면 다 자격이 있지."

길이 없어 못 가는 것이 아니라
잘못 들어선 길 때문에 후회를 하는 것이다

어머니! 길에 대하여 말씀해 주세요.

그래, 신작로에 나가서 오른쪽으로 가면 연천 가는 길이고
왼쪽으로 가면 전곡 가는 길이란다.
길을 묻는 아들에게 또 무슨 말을 해줄까?

아범아!
길은 하나만 있는 것은 아니란다.
세상에는 길이 너무 많아 많은 사람이 방황하고 있단다.
길이 없어 못 가는 것이 아니라, 잘못 들어선 길 때문에
많은 이가 후회한단다.

아범아!
가끔은 가던 길을 멈추고 확인하거라.
이 에미는 지금 너에게 길잡이 노릇을 하며 동행하지만,
언젠가는 네가 가는 길을 따라갈 것이다.

남들이 내 얼굴에 뱉은 침은
닦지 말고 마를 때까지 기다리는 것이다

아범아!
살아가면서 이런저런 이유로 남들이 아범 얼굴에 침을 뱉으면 어떻게 하겠느냐?

- 어머니!
생판 모르는 사람이 제 얼굴에 침을 뱉겠습니까?
제 얼굴에 침을 뱉는 사람은 제 곁에 있는 사람이겠지요.

당唐나라 때, 누사덕婁師德이라는 사람이 있었는데요!
누사덕의 동생은 남들이 얼굴에 침을 뱉으면 침 뱉은 사람을 탓하지 않고 제 손으로 얼굴을 닦겠다고 말을 했데요.

그런데, 누사덕은 침을 뱉은 사람 앞에서 침을 닦으면 침 뱉은 사람의 감정을 자극할까 봐, 침은 닦지 않아도 그냥 내버려 두 면 자연히 마르게 되니,

그럴 때는 웃으면서 침을 받는 거라고 말을 했어요.
제 잘못이, 저로 인한 오해의 소지가 털끝만큼이라도
있다면 누사덕처럼 행동하겠습니다. 어머니.

역시 내 아들은
내가 생각했던 것보다 더 바보 새끼구나!
못난 내 새끼….

개 한 마리가 헛짖으면
동네 개가 다 따라 짖는다

아범아!
아범은 요즘 개소리를 들어봤느냐?

- 어머니!
개는 조선 시대, 그때도 짖었고
지금도 짖고 있는데
뭐 새삼스럽게 개소리가 궁금하세요?

- 어머니!
후한後漢 때 왕부王符라는 사람이 쓴
〈잠부론潛夫論〉이란 책에 '개 한 마리가 헛것을 보고
짖으면, 백 마리 개가 따라 짖는다.'는 말이 있는데요.
그런 개소리를 말씀하시는 건가요?

아니다.
그 개소리보다 더 개 같은 소리를 아느냐고 물었다.

– 어머니!
개가 짖는 걸 보니
문밖에 누가 왔나 봐요.
나가볼게요.

예끼!

안다고 말하는 사람은
모르는 사람이다

아범아!
진정 인생을 아는 사람이 누구라고 생각하느냐?

어머니!
인생을 아는 사람이 어디 있어요.

그러나 옛날에 노자老子라는 사람은
'아는 사람은 말하지 않는다. 말하는 사람은 모르는
사람이다.'라고 했으니,
말 안 하는 사람이 알고 있는 것 아닐까요?

그럴 것 같구나.
내일 사람 모습을 한 돌부처에게 물어봐야겠다.

인생은 오직 한 번의
봄 여름 가을 겨울이라네

아범아!
아범도 이제 인생의 가을 추수기가 왔구나.

사람은 나이가 들면 모든 걸 축소해야 한다네.
일도 줄이고, 꿈도 줄이고, 몸도 줄여야 한다네.
축소한다는 것은 작아지는 것이 아니라네.
축소되는 것만큼 내면의 세계는 넓어지는 것이라네.
이제는 세속의 욕망과 열정을 조금씩 내려놓으며
헛바람이 들어오지 않도록 문을 닫게나.
문을 닫는다는 것은
내면의 세계를 보호하기 위함이라네.

인생을 봄, 여름, 가을, 겨울로 표현한다면
나는 겨울에 속하고 아범도 이제는 가을이라네.
가을에는 추수해야지.
씨앗을 뿌리는 시기가 아니라네.

어머니에게 길을 묻다

어머니!
저도 이제 나이 육십이 넘었어요.
이쯤에서 한번 생각해보고 싶어요.
어떻게 살아야 할까요?

아범아!
뭐 새삼스럽게 어떻게 살긴 어떻게 사냐?
개같이 살면 되는 것이지.
개보다 더 자기 삶을 충실히 사는 것 봤느냐?

프리드리히 니체의 철학을 한마디로 요약한다면
자기 삶을 사랑하는 것이다.

아범아!
자기 삶을 사랑하는 것이 우리가 가야 할 길이라고 생각한다.
어느 영화에서 나온 대사 한마디를 이야기해줄까?
'인간으로서 가장 큰 죄는 귀중한 인생을 낭비한 죄'
라고 하더라.

귀중한 인생을 낭비하지 않는 길로 가면
그것이 우리가 가야 할 길이 아니겠느냐?

사랑의 길옆에 미움이 있고
미움의 길옆에서 사랑이 피어난다

어머니!
어머니는 사랑과 미움에 대하여 어떻게 생각하세요?

아범아!
이 세상에 따로따로 분리된 사랑과 미움은 없는 것 같더라.
살아보니 사랑의 길옆에 미움이 있고
미움의 길옆에 사랑이 피어나더구나.

사랑과 미움은
과일나무에 핀 꽃의 암술과 수술 같아서
같이 있어야 탐스러운 과일을 맺을 수 있단다.

사랑은 미움을 감싸고
미움은 사랑 속에서 녹아
탐스러운 열매를 맺는 것이라고 생각하거라.

산 자와 죽은 자에 대하여

어머니!
산 자와 죽은 자에 대하여 말씀해 주세요.

태곳적부터 시작된 실타래가 있다면
죽은 자는 지나친 실이고
산 자는 현재 자신이 붙잡고 있는 실이고,
앞으로 풀려나오는 실은
장래에 태어날 후세를 말하는 것 아니겠니.

여기서 가장 중요한 것은 산 자와 죽은 자,
그리고 앞으로 태어날 후손이 하나의 줄에
연결되어 있다는 것이다.
머지않아 내가 죽더라도 아범과 연결된 줄이
끊어지는 것은 아니란다.

우리는 어디서 왔나요?

어머니!
우리 인간은 어디서 왔으며
죽으면 어디로 가는지 한 말씀 해주세요.

아범아!
아범이 알다시피 내가 뭐 그리 대단한 사람이라고
그렇게 어려운 질문을 나에게 하느냐.
기껏해야 평생을 잡초와 싸우면서 살아온
이제는 다 늙은 시골 할망구에 불과한데.
그러나 우리 조상들이 말씀하신 것을 근거로
한마디 해주마.

우리 민족은 사람이 살 만큼 살다가 죽으면
'돌아가셨다.'고 한다. '돌아가셨다.'는 것은 온 곳으로
다시 갔다는 뜻 아니겠느냐?
온 곳은 모르지만 돌아간 곳이 흙 속이니
우리가 온 곳은 흙이 아니겠느냐.

또한, 사람이 죽으면 '하늘나라로 갔다.'고 말한다.
우리 육체는 흙으로 돌아갔는데,
그렇다면 하늘나라로 간 것은 무엇이겠느냐?
그것은 아마 영혼일 것이다.

그러므로 우리의 육체는 흙에서 왔고
영혼은 하늘에서 온 것이며
죽으면 온 곳으로 되돌아가는 것이 아닌가 생각한다.

소크라테스는 개 앞에서 맹세했다

어머니, 존경하는 어머니!
소크라테스는 재판을 받으며
개 앞에서 맹세한다고 말했는데
우리는 어디에다 맹세해야 하나요?

맹세는 자신에게 해야지.
그러나 잘못된 사람 앞에서
맹세하기보다는
소크라테스처럼
개 앞에서 하는 맹세가 더 진실하게 보이는구나.

시골 아낙의 호밋자루 꿈

아범아!
나도 아쉬움과 회한이 가끔 파도처럼 밀려온단다.
시골 아낙이 호밋자루 하나로
이루지 못한 꿈이 아니라
하늘로부터 받은 은혜를 다 갚지 못하고
가야 하기 때문이란다.
호밋자루 하나로는 너무 벅찬 삶이었던 것 같구나.

아가야! 아가야! 울지마라!
이 에미가 가더라도
머리 허연 우리 아가가 있어
서산에 지는 해처럼 아쉬움 없이 고개를 넘으련다.

인생은 가을 나비다

아범아!
살아보니 역시
인생은 가을 나비구나.

아침이슬처럼 맺혔다.
사라지는 물방울과 다를 것이 없구나.

그러나 나는 너를 낳았고
너는 너를 닮은 자식을 낳았고
그 자식은 또 나의 피가 흐르는 자식을 낳을 테니
나의 도리를 다한 것 같아 마음이 편하구나.

그날이 오면
기쁜 마음으로 가련다.
고맙다.
아가야!

인간에게 가장 편한 집은 무덤이다

아범아!
아이에게 가장 편한 집은 엄마 품이고
늙은이에게 가장 편한 집은 무덤이란다.
왠지 아느냐?

글쎄요, 잘 모르겠는데요.

왜냐하면
거기에는 나의 어머니가 계시기 때문이란다.

아가야 울지마라

오늘은 맑은 정신에 이야기하마.
이제 나는 고단한 날갯짓을 멈추고
닻을 내려야 할 때가 된 것 같구나.
여기까지 올 것을
그리도 고단하게 살았구나.
장거리 마라톤 선수가 완주하고 느끼는 희열감 같은
그런 기분이구나.

나는 이제 내 영혼 속에 너를 품고 간다.
너는 네 가슴 한편에 이 에미를 담아 두면
모자간에 뭘 더 바랄 것이 있겠느냐.

아가야!
아가야! 내 사랑하는 아가야!
울지마라! 오히려 기뻐하거라.

내가 헛소리를 하거나 망령을 부리면
나를 에미로 보지 말고, 늙은 할망구로 생각하고
나를 꼭 묶거라.

나는 이제 네 에미가 아니고
너의 아가란다.

불효자의 변명

엎질러진 물

法은 과거 완료형이다.
○○하면 ○○한다.
이것이 法이다.

교육은 미래형이다.
'○○해라!'
'○○하지 마라!'다

십계명을 함축하면 결국
'○○해라!'
'○○하지 마라!'다.

내 어머니는, 이 세상의 어머니는
미래를 가르치셨다.

그러나 나는
그 물을 엎지르고 말았다.

불효자의 변명

어머니!
저는 어려서부터 가슴이 저미어 오는 날이면
제 자신에게 편지를 썼어요. 그렇게라도 해야만
눈앞에 그려지는 무지개를 지울 수가 있었어요.

연천의 고문리 사격장, 안양천 주변의 판잣집 …
시뻘건 한탄강 강물에 뛰어내려 떠내려가는 엄마 …
엄마를 살려달라고 강벼랑이 무너지도록 소리를 지르며
피투성이가 되어 울부짖던 기억 …
지금 육십이 넘은 나이에도 아직도 그때의 악몽을 꾸고 있어요.

내 눈앞에서 엄마가 강물에 뛰어들어 떠내려갈 때
저는 하늘이 무너졌어요.
믿음이 무너졌어요.

어머니를 원망했지요. 아버지를 원망했었지요.
제 자신을 학대했었지요.

세월은 흘러…
이제 저도 할아버지가 됐어요.
이제 저도 늙어가고 있어요.

다 지나간 일이네요.
개 앞에서 맹세했으니
이제 변명은 하지 않겠습니다.

어머니!
지금으로부터 400여 년 전 소크라테스는 500여 명의
재판관(배심원) 앞에서 심판을 받으며 변명을 했습니다.

그때 소크라테스는 하늘을 두고 맹세한 것이 아니라,
개 앞에서 맹세한다고 말했습니다.
저도 오늘 족보 있는 개는 아니지만, 저와 가장 친숙
한 똥개 앞에서 맹세하겠습니다.

오늘날까지 살아오면서, 제 가슴속에는 오직 부모 형제와 처자식밖에 없었습니다. 오직 가난을 대물림하지 않겠다는 생각밖에 없었습니다.

젊은 날에 절반은 눈물과 절망이었고, 절반은 고통과 노력이었습니다. 가끔은 남들에게 지기 싫어, 허세와 거짓과 객기를 부리며 살았습니다. 지금도 그 허세와 잘난 척하는 것이 그림자처럼 저를 따라다니고 있습니다. 아마 그것은 붕어 등짝에 붙어 있는 비늘처럼 저를 지탱시키는 갑옷인지도 모르겠습니다.
제 스스로 갑옷을 벗을 수가 없습니다.
오랜 세월 그것은 저와 한 몸이 되어 있습니다.
거짓과 허세와 남에게 지기 싫어하는 이 비늘은 평생 안고 가야 할 업보 같습니다.

신神을 생각하다가
우주를 생각하다가
어머니를 생각하고 있습니다.

'신神은 나 자신보다도 나와 친밀한 힘'이라구요?
'신神은 다른 사람의 깊은 마음속'에서 찾으라구요?
'신神은 존재 그 자체이고 선 그 자체'라구요?
사랑이 있는 곳에 신神도 있다구요?

어머니!
신神을 생각하다가 어머니를 생각하고 있습니다.
이 작은 가슴에 오두막집을 짓고 군불을 지피며
어머니가 누우실 아랫목을 데우고 있습니다.
아마 이것이 신전이고
거기에 신神도 어머니도 같이 계실 겁니다.

어머니!
제 가슴속 작은 오두막집 신전에는
항시 어머니가 계실 겁니다.
못난 아들 용서하소서!

반성문

새끼줄에 목을 걸어도 봤고
한탄강 불탄소 벼랑 위에서 수없이 망설여 봤었습니다.

30여 년 전, 궤도를 이탈해 달리던 청춘이 자리를 잡고
속죄하는 마음으로 나무를 심기 시작했습니다.
지금은 그 나무 그늘 밑에서 반성문을 쓰고 있습니다.

불효자를 용서하소서!

참 바보처럼 살았습니다.
정말 바보처럼 인생의 중요한 시기를 허비했습니다.
뒤돌아보니, 이제는 후회할 언덕조차 보이지 않습니다.

이제 와 생각하니
이룬 것은 이룬 것이 아니었고
잃은 것은 잃은 것이 아니었습니다.

이제부터라도 기도하는 마음으로 살겠습니다.
미움을 버리고, 증오를 허물고
사랑이 흘러나오는 샘물이 되어 마중물이 되겠습니다.
이끼 낀 가증스러운 비늘을 하나하나 떼어내고
민낯으로 살겠습니다.
모래 위에 지은 성을 허물고
돌계단 하나를 놓더라도 믿음 위에 쌓겠습니다.
어머니!
편안한 마음으로 여생을 보내세요.

'영토를 잃은 민족은 재생할 수 있어도
역사를 잃은 민족은 재생할 수 없다.'고
단재 신채호 선생님은 말씀하셨다지요.

불효를 저지른 자식이
불효를 깨닫지 못하면

부모는 피눈물로 생을 마감하지만
불효를 깨달은 자식을 둔 부모는
편안한 눈물을 흘릴 것 같아
이 글을 썼습니다.

불효자식 용서하소서!

글벗교양 21 신광순의 생활교육 지침서

불효자의 반성문

초판 발행 2016년 6월 30일
2쇄 발행 2021년 7월 15일
개정판 인쇄일 2023년 7월 15일
개정판 발행일 2023년 7월 15일
지 은 이 신 광 순
펴 낸 이 한 주 희
펴 낸 곳 도서출판 글벗
출판등록 2007. 10. 29(제406-2007-100호)
주   소 경기도 파주시 와석순환로 16,(야당동)
      롯데캐슬파크타운 905동 1104호
E-mail pajuhumanbook@hanmail.net
전화번호 031-957-1461
팩   스 031-957-7319
가   격 16,000원
I S B N 978-89-6533-260-2 04810

* 잘못된 책은 바꿔 드립니다.